鳗鱼的旅行

THE GOSPEL OF THE EELS

［瑞典］帕特里克·斯文松（PATRIK SVENSSON）著　　徐昕 译

湖南文艺出版社
HUNAN LITERATURE AND ART PUBLISHING HOUSE　博集天卷 CS-BOOKY

后来在同一片土地上
他站在夜色中
鳗鱼们游过草丛
如同破壳的恐惧一般

——谢默斯·希尼[1]

---

1. 谢默斯·希尼（Seamus Heaney，1939—2013），爱尔兰诗人，1995年诺贝尔文学奖获得者，著有诗集《一位自然主义者之死》。——如无特别说明，本书脚注均为译者注

鳗　鱼　的　旅　行

目 录

1 鳗鱼

鳗鱼的出生是这样的：它发生于大西洋西北部一片叫马尾藻海的海域，那是一个无论从哪个角度来说都非常适合鳗鱼出生的地方。马尾藻海实际上不是一片有明确界线的水域，而是一片海中之海。要说清楚它起止于何处并不容易，因为不能用平常的尺度来衡量它。它位于古巴和巴哈马群岛略往东北一点、北美海岸以东，不过它处于不断的变动之中。马尾藻海就像梦境一样：你无法确切地说出你何时进入，又何时走出它。你只知道，自己曾经去过那里。

这种善变性是因为马尾藻海是一片没有陆地边界的海洋，它只是由四股强大的海流围起来的。西边是赋予生命的墨西哥湾暖流，北边是其支流北大西洋暖流，东边是加那利寒流，南边是北赤道暖流。500多万平方公里的马尾藻海就像在由海流封闭起来的圆圈里打转的一个温暖又缓慢的漩涡。进入这片海域的东西，要想出去就没有那么容易了。

　　这里的水是深蓝色的，很清，在某些地方有近7000米深，海面上覆盖着黏糊糊的褐藻，仿佛巨大的地毯。这些褐藻叫作马尾藻，这片海也因此得名。长达几千米的厚厚的海藻组成的网覆盖在水面上，给大量生物带来了生机，对它们形成了保护。这些生物有小型的无脊椎动物、鱼类和海蜇、海龟、虾和螃蟹。海底深处还疯长着其他种类的海草和植物。一大群生物生活在黑暗中，仿佛黑夜里的一片森林。

　　就是在这里，欧洲鳗鱼——拉丁语学名 Anguilla anguilla——出生了。春天，那些性成熟的鳗鱼在这里嬉戏，产卵并让其受精。在海洋深处的黑暗的保护下，这里出现了一种类似蠕虫的小生物，它有小小的脑袋、视力很差的眼睛。它被叫作鳗鱼的柳叶状幼体，有着一个像柳树叶子的扁平身体，基本上是透明的，仅有几毫米长。这是鳗鱼生命的第一个阶段。

　　这些透明的"柳树叶子"立刻开始了它们的旅行。它们跟随着墨西哥湾暖流，在大西洋里穿越几千公里，朝着欧洲海岸的方向行进。这是一场耗时可能长达3年的旅行，在此期间幼虫一毫米一毫米地缓慢生长，就像个慢慢鼓起来的气泡。经过了这段漫长的时间，当它们终于抵达欧洲海岸时，它们完成了第一次蜕变，变成了玻璃鳗。这是鳗鱼生命的第二个阶段。

　　就像它们之前柳叶状的本体一样，玻璃鳗也是几乎完全透明的生物，身长六七厘米，细细的，扭来扭去。它全身透明，仿佛颜色和罪恶都还没有在它们的身体里获得一席之地。海洋生物学家、作家蕾切尔·卡森[1]写道，它们看起来就像"细细的玻璃棒，比一根手指短一些"。它们很脆弱，似乎缺少保护，被一些人比如巴斯克人视为美味。

玻璃鳗抵达欧洲海岸后，大部分都会往河流上游游去，迅速地适应在淡水中的生活。就是在这里，鳗鱼完成了又一次蜕变，变成了黄鳗。它们的身体长成了蛇形，肌肉发达。眼睛很小，有一个突出的暗色中心。颌骨变得宽而有力。鳃孔很小，几乎完全被隐藏起来了。整个腹部和背部都长着细细的、柔软的鳍。皮肤出现了深浅不一的棕色、黄色和灰色色泽，上面覆盖着鳞片，鳞片极为细小柔软，甚至都无法被看到和触摸到，仿佛是一层想象出来的铠甲。玻璃鳗身上柔软和脆弱的地方，在黄鳗身上都变得强壮而坚韧。这是鳗鱼生命的第三个阶段。

黄鳗顺流而上游进江河溪流，它们可以穿过最浅、最杂草丛生的水域，也可以穿过最汹涌的急流。它们可以穿行于混浊的内湖和平静的溪流，可以穿越狂野的河流和温暖的小池塘。需要的时候，它们还可以钻过沼泽和沟渠。外部的环境似乎无法阻挡它们，别无选择时，它们甚至可以游走在陆地上，游过湿润的灌木丛和草地，坚持若干小时，直到抵达新的水域。如此看来，鳗鱼是一种超越了鱼类自身条件的鱼。它们可能都意识不到自己是鱼。

1.蕾切尔·卡森（Rachel Carson, 1907—1964），美国海洋生物学家，著有《寂静的春天》。

它们可以游成千上万公里，不知疲倦，一路上经历各种各样的状况，直到有一天，它们突然觉得找到了自己的家。它们对这个家并没有太多的要求，这是一个需要它们去适应、忍受和了解的环境—— 一条小溪或一个内湖，有着混浊的底，最好有一些它们可以藏身的石头或洞穴，并且要有充足的食物。而它们一旦找到了自己的家，就会待在那里，年复一年，通常只在一个半径几百米的范围内活动。如果因为外力被冲到其他地方，只要情况一允许，它们就会立刻返回自己所选择的住处。那些在实验中被捕获的鳗鱼被装上无线电发射器后，在距捕获地几公里远的地方被放生，可一两周之内它们就会准确地回到它们最初被捕获的地方。没有人确切地知道它们是如何找回家的。

黄鳗是一种独行的生物。在其生命的活跃期，它们通常都是独自生活的，任由流转的四季指引其活动。天冷的时候，它们可以长时间一动不动地躺在水底的淤泥里，完全处于消极状态。它们会不时被其他鳗鱼缠住，仿佛一个杂乱的线团。

它们主要在夜间捕食。黄昏时分，它们从水底的沉淀物中游出来，开始觅食。只要是弄得到的东西它们都吃：蠕虫、毛毛虫、青蛙、蜗牛、昆虫、小龙虾、鱼。有机会的话，它们也吃老鼠和雏鸟。它们还是食腐者，吃动物的尸体。

就这样，鳗鱼一生中大部分时间都以这种黄褐色的形体生活着，时而活跃时而消极。除了每日寻找食物或藏身处，没有什么特别的目的。仿佛生命最重要的事情就是等待，仿佛生命的意义将出现于等待的间歇，或者抽象的未来。除了忍耐，别无其他实现之途。

这是一段漫长的生命旅途。一条幸运地避开了疾病和灾难的鳗鱼，可以在同一个地方一直活到50岁。有一些被圈养的瑞典鳗，可以活到80多岁。据传，有的鳗鱼寿命超过100岁。如果鳗鱼不去考虑摆在它们面前的生存目的，即繁殖后代，它们似乎可以想活多久就活多久。仿佛它们能够永远这样等下去。

然而，在它们生命的某个时间，通常是15岁到30岁之间，野生鳗鱼会决定进行繁殖。这个决定从何而来，我们恐怕无从知晓，但是当这一时刻到来时，鳗鱼那处于等待中的生活就会突然结束，它们的生命有了完全不同的性质。它们开始朝大海游去，与此同时，它们将完成最后一次蜕变。它们表皮上那层暗淡模糊的黄褐色将消失，色泽将变得更加鲜艳清晰，背部将变成黑色，身体两侧变成银色，带有清晰的线条。这突如其来的目的性仿佛给它们的整个生命都做上了记号。黄鳗变成了银鳗。这是鳗鱼生命的第四个阶段。

当秋天带着它那具有保护性的灰暗色调到来时，银鳗游进了大西洋，并继续游向马尾藻海。仿佛经过有意识的选择，它们的身体完全适应了这场旅行的所有状况。首先，鳗鱼的生殖器官发育了。鳍变得更长且更有力，使它们能够游得更快。眼睛变得更大，成了蓝色，使它们能够在黑暗的大海深处看得更清楚。消化系统完全停止了运转，胃被溶解掉了，它们所需的能量都从脂肪储备中获得。体内满是鱼卵或鱼精。任何外在的干扰都无法让它们偏离既定的目标。

它们每天要游近 50 公里，有时候位于海平面之下上千米的深处。这是一趟人类仍然知之甚少的旅行。它们也许会在半年内完成，也许会在半路上停留过冬。人们已经确认，一种被关养的银鳗不吃任何东西可以活 4 年之久。

这是一场苦行僧式的漫长旅行，引导这场旅行的是一个无法解释的目的，事关存在的意义。但一旦来到马尾藻海，鳗鱼就再次找到了自己的家。那些鱼卵在摇曳的厚厚的海藻下面受精。这样鳗鱼的目的便达成了，它们的故事结束了，它们便死去了。

2 在小溪旁

是爸爸教会我怎样钓鳗鱼的，在那条流过田野的小溪中。田野旁边就是爸爸童年时住的房子。8月的一个黄昏，我们开车去那里，在那条与小溪相交的乡间公路上左转，拐进一条小路——说是小路，其实就是地上的两道拖拉机车辙，沿着一个很陡的山坡往下开，然后顺着小溪前行。左边是一片麦田，熟了的麦子哗啦哗啦地刮着车身；右边是一片草地，高高的杂草窸窸窣窣地响着。草地后面是一条大约6米宽的小溪，水流平静，蜿蜒于植被间，在黄昏的最后一抹阳光下如同一条闪光的银链。

我们在路上沿着急流慢慢地向前开——溪水惊恐地拍打着石头，路过一棵歪斜的老柳树。当时我7岁，这条路我已经走过很多次了。地上的车辙终止了，我们面前出现一堵茂密植被形成的墙，这时爸爸关闭了发动机。天色暗了下来，周围一片寂静，只有水里传出的轻轻的汩汩声。我们俩都穿着橡胶靴和油亮的聚乙烯面料的裤子，我的是黄色的，他的是橙色的。我们从后备厢里拿出两个装渔具的黑色桶、一把手电筒和一罐蚯蚓，然后出发了。

沿着溪岸，那些草湿漉漉的，很难拨开，高度超过了我的头。爸爸走在前面，踩出一条小路。我跟在后面，那些植被围拢起来，仿佛在我头顶形成一道拱门。蝙蝠在小溪上方来回翻飞，像在天空中画下黑色的标点符号。

走了大概40米，爸爸停了下来，四下张望。"这儿应该不错。"他说。

一个陡峭泥泞的斜坡通往下面的小溪。如果一脚踩错，就可能冲下斜坡，直接滑进水里。天已经变暗了。

爸爸用一只手挡开那些杂草，小心翼翼地侧着身子往下踩，然后转过身来伸出一只手给我。我抓住他的手，以同样小心翼翼的步子跟在他后面。来到水边，我们在溪岸边一起踩出了一小块平地，放下我们的水桶。

爸爸默不作声地站在那里察看了一会儿溪水，我模仿他的样子，跟随他的目光，想象着我也能看到他看到的东西。当然不可能确切地知道我们选的地方好不好。水很暗，几丛猛烈摇曳的水草从各处冒出来，然而水面下的一切是我们看不见的。我们无法知道任何事情，但我们选择相信，有时候我们必须这么相信。钓鱼常常就在于相信。

"嗯，这儿应该不错。"爸爸又说了一遍，然后转向我。我从桶里拿出一卷钓鱼线，递给了他。他把钓竿顶在地上，快速地缠上钓鱼线，把鱼钩拿在手里，从罐子里小心翼翼地拿出一条很肥的蚯蚓。他咬紧嘴唇，在手电筒的光线下查看那条蚯蚓。把它穿上鱼钩之后，他把鱼钩举到面前，假装朝它吐了两口唾沫以求好运，"噗噗"，永远都是两声，然后在空中挥舞一下，把它抛进水中。他弯下身子，触摸了一下钓鱼线，确保它是紧绷的，同时又不会被溪流带得太远。随后他把背挺直了，说"就这样吧"，然后我们重新沿着斜坡爬上去。

那个我们称之为钓鱼线的东西，其实并不是普通的钓鱼线。钓鱼线通常是指一根长线，上面有很多鱼钩，鱼钩之间还有很多沉子。而我们用的钓鱼线要更为原始。爸爸取来一根木条，用斧子把一头削尖。他剪下一段粗尼龙绳，四五米长，把它系在木条的一头。沉子他是这么做的：把熔化的铅灌进一根钢管里，让它凝固，然后把钢管锯成段，每一段两厘米，在中间钻一个可以穿钓鱼线的孔。沉子系在离钓鱼线终端一手长的地方，钓鱼线最下端是一个比较大的单独的鱼钩。我们将木条锤进地里，让挂着蚯蚓的鱼钩落在溪底。

我们通常会带 10 根或 12 根钓鱼线，装好鱼饵后，把它们扔进水里，扔完一个再扔另一个，间隔约 10 米。在陡峭的斜坡上爬上爬下，每一次都是同样辛苦的程序，同样训练有素的协作，同样的手势，以及同样的祈求好运的两声"噗噗"。

设置好最后一根钓鱼线后，我们原路返回，在斜坡上爬上爬下，再检查一遍每一根钓鱼线：小心地拽一下，确认还没有鱼上钩。然后静静地站着感受，让直觉告诉我们，这个地方应该不错，只要我们多给一点时间，就会有好事发生。到我们确认完最后一根钓鱼线时，天已经完全黑了，无声的蝙蝠只有在掠过月光的光束时，才能被看见。我们最后一次爬上斜坡，走回车里，开回了家。

　　我不记得在溪边的时候，我们有没有谈论过鳗鱼以及怎样才能最好地钓到鳗鱼之外的话题。事实上，我都不记得我们说过话。

　　这可能是因为我们确实没有说过话。因为我们身处一个谈话需求有限的地方，一个最好保持沉默才能好好品味的地方。月光的倒影、沙沙作响的草丛、树的影子、单调的溪流声，还有那些蝙蝠——它们仿佛盘旋在这一切上空的星号。我们得保持安静，才能让自己成为这个整体的一部分。

　　这当然也可能是因为我把一切都记错了。因为记忆是会骗人的，它会筛选和选择保存哪些东西。当我们在记忆中搜寻一个往昔的场景时，我们完全不能确定自己是否记住了最重要或最相关的内容，但我们记住了符合我们预想的内容。当记忆描绘出一个画面时，其中的各种细节必然是互为补充的。记忆不允许任何与背景不协调的颜色存在。所以我们不妨说，当时我们是沉默的。

不然的话，我也不知道我们可能会说些什么。

我们住在离小溪只有两公里的地方。深夜回到家后，我们把靴子和聚乙烯面料的裤子脱在屋外的台阶上，我直接上床睡觉了。我很快就睡着了，早晨五点一过，爸爸又把我叫醒。他不需要多说什么。我立刻从床上起来，穿好衣服，短短几分钟后我们就已经坐到车里了。

来到溪边，太阳正要升起。黎明将天空的下沿染成了深橘色。水流似乎变了一种声音，更加清澈，更为明亮，仿佛刚从一场柔软的睡梦中醒来。还有其他声音围绕在我们四周：一只乌鸦唱起歌来；一只凫降落在水面上，笨拙地溅起水花；一头苍鹭在小溪上空无声地侦察，它长着硕大的喙，仿佛一把高举的匕首。

我们穿过潮湿的草丛，再次侧着身子踩着斜坡下到溪边，来到第一个鱼钩处。爸爸在坡下接住我，我们一起检查钓鱼线是不是紧绷的，寻找水面之下的动静。爸爸弯下身子，把手放在钓鱼线上。然后他直起腰，摇了摇头。他收起钓鱼线，把鱼钩举到我面前。上面的蚯蚓已经空空如也，大概是狡猾的雅罗鱼干的。

我们继续走向下一处鱼钩，它也是空的。第三处也一样。在第四处，我们可以看到钓鱼线被扯进了一片芦苇丛中，爸爸去拉它的时候，它被卡住了。他非常小声地嘀咕了一句什么，两只手抓住钓鱼线，拽得更加用力，但是它却一动不动。可能是水流把鱼钩和沉子拖进了芦苇丛中。但也可能是一条蛰伏在那里的鳗鱼吞进了鱼钩，然后又被水草缠住了。如果拉一下手里的钓鱼线，有时候还能感觉到小小的动静，仿佛水面之下钓鱼线另一头被卡住的那个东西正在挣扎。

爸爸一边绕一边拉，咬着嘴唇，嘴里嘀嘀咕咕地骂着什么。他知道要摆脱现在的状况只有两种方法，两种方法都会有输家。要么帮鳗鱼解围，这样可以把它拉上来；要么扯断钓鱼线，让这条鳗鱼待在溪底，困在芦苇丛中，身上带着鱼钩和沉重的沉子，就像一副刚刚打造好的脚镣。

这一回似乎没有什么别的办法了。他往旁边走了几步，寻找另一个角度，用力拉扯，尼龙线就像小提琴的弦一样紧绷，但无济于事。

"唉，不行。"他最后说，然后用尽所有力气一拉，钓鱼线高高地弹了起来，断了。

"只能祝它好运了。"他说。然后我们继续走上斜坡，再走下斜坡。

在第五个鱼钩处，爸爸弯下腰，轻轻地用指尖摸了摸钓鱼线。然后他直起身子，往一边迈出一步。"你能拿着它吗？"他说。

我拿住钓鱼线，轻轻地拉了一下，立刻感觉到了回应的力度。爸爸仅用指尖就能感觉到。我立刻意识到，这种感觉很熟悉。我略微使劲拉了一下，那条鱼动了起来。"是条鳗鱼。"我大声说。

鳗鱼不会像狗鱼那样乱扑腾，它们更喜欢侧着身子扭动，这会产生一股起伏的阻力。就其体量来说，鳗鱼非常有劲，尽管它的鳍很小，它却是游泳高手。

我尽可能慢地收钓鱼线，不让它松弛，仿佛在细细品味这一刻。不过钓鱼线很短，附近也没有鳗鱼可以逃进去的芦苇丛，很快我就把它拎出了水面，看到了那闪闪发亮的黄褐色身体，在黎明的阳光下扭动着。我试图捏住它的头后侧，但几乎抓不紧。它像一条蛇一样扭来扭去，缠着我的手臂，一直缠到肘部。我感觉这种力量更像是一股静止的力量，而不是一股活动的力量。如果现在我让它掉到地上，它就会钻进草丛中溜走，在我重新抓住它之前，再次游回水里。

最终，我们取下了鱼钩，爸爸往桶里装满了溪水。我把鳗鱼放了进去，它立刻沿着桶壁游了起来，仿佛训练有素。爸爸把一只手放在我的肩上，说这条鳗鱼很漂亮。我们继续向下一个鱼钩处走去，迈着轻松的步子沿着斜坡上上下下。拎桶的工作由我来做。

3 亚里士多德与从淤泥里诞生的鳗鱼

在一些情况下，我们必须选择要相信什么。鳗鱼就会让我们面临这种情况。

如果我们选择相信亚里士多德，那么所有鳗鱼都是从淤泥里诞生的。它们就这样出现了，从水底的淤泥中"无中生有"地出现了。也就是说，它们不遵循通常的繁殖规则，不是由其他鳗鱼制造出来的，不是通过交尾和卵子受精产生的。

按照亚里士多德于公元前 4 世纪提出的说法，大部分的鱼自然是要产卵和交尾的。可是鳗鱼，他解释说，是一个例外。它们不分雌雄。它们既不产卵也不交尾。一条鳗鱼不会赋予另一条鳗鱼生命。它们的生命来自别的地方。

亚里士多德建议：在干旱期去观察一个干涸的池塘。所有的水都被蒸发掉了，所有的淤泥和土都被晒干了，硬化了的池塘底部已经完全不存在生命了。在那里，没有生物能存活，更何况是一条鱼。但是当第一场雨降临时，当雨水缓缓地重新灌满池塘时，奇妙的事情发生了。一瞬间，池塘里又满是鳗鱼了。突然间，它们就在那里了。雨水赋予了它们存在。

亚里士多德的结论是，鳗鱼就是这样诞生的，仿佛一种扭动的、神秘的奇迹。

亚里士多德对鳗鱼感兴趣，这并不令人惊讶。他对所有生命都感兴趣。当然，他是一个思想家、理论家，他跟柏拉图一起奠定了整个西方哲学的基础；但他同时也是自然科学家，至少以他生活年代的标准来看是这样的。人们常说，亚里士多德是最后一个"知晓一切事情"的人，也就是说，他是最后一个掌握了人类积累的所有知识的人。比如，他也是观察和描述自然的先驱。他的巨作《动物志》（*Historia Animalium*）是人类对动物世界进行系统化和分类的第一次尝试，比林奈[1] 早了 2000 多年。亚里士多德观察并描写了大量动物以及一种动物区别于其他动物的特点：它们的模样，身体部位、颜色和形状，它们是怎样生活和繁殖的，它们靠什么为生，有什么样的行为习性。《动物志》是现代动物学的起源，一直到至少 17 世纪，它都是自然科学界的一部标准性著作。

亚里士多德在哈尔基季基的斯塔吉拉长大：那是爱琴海最北端的一个半岛，有三条狭长的地峡深入海中，仿佛一只有三根手指的手。他出身优越，父亲是马其顿国王的私人医生；受过良好

---

1. 卡尔·冯·林奈（Carl von Linné，1707—1778），瑞典博物学家，动植物双名命名法的创立者。

的教育，父亲可能也设想过他未来从医。然而他很早就失去了父母。父亲在他十几岁的时候就去世了，母亲则可能更早。亚里士多德被一位亲戚照顾，18 岁时被送去雅典，在古代最好的学校——柏拉图学园——学习。一个年轻的男子，孤身一人在陌生的城市，好学而聪颖，热切地渴望去了解这个只有背井离乡的人才能理解的世界。在雅典，他在柏拉图身边学习了 20 年，成为在某种程度上跟柏拉图平起平坐的人。可是在柏拉图去世后，亚里士多德没有被选为学园的新掌门人，于是他去了莱斯沃斯岛。就是在那里，他开始认真研究动物和自然。或许也是在那里，他第一次开始思考鳗鱼是如何诞生的。

关于亚里士多德的自然科学研究到底是怎样开展的，人们所知不多。他没有记录自己的观察和解剖活动。他非常自信和详细地描述了自己的发现和见解，但很少记录他是如何得出这些结论的。不过，他亲自做了构成《动物志》基础的很多解剖工作，这一点我们几乎可以完全肯定。首先，他显然花费了很多时间研究水生生物，而在所有水生生物中，他在鳗鱼身上花费的时间最多。没有其他动物像鳗鱼这样，让他写了这么多。他关于鳗鱼内部构造的写作尤其丰富详细，比如其器官的相对位置及鳃的构造。

此外，关于鳗鱼，他还经常直接跟其他不为后世所知的自然科学家进行争论，仿佛在那个时代，鳗鱼就已经引发了很多猜测，人们针锋相对，众说纷纭。亚里士多德斩钉截铁地声称鳗鱼体内从来都没有鱼卵，说那些持异见者只是没有进行足够认真的研究。他写道，任何人都不会怀疑这一点，因为当我们切开一条鳗鱼时，不仅找不到卵，而且根本找不到生产或输送卵子或精液的器官。鳗鱼体内没有东西可以解释它们是怎样形成的。他还说，那些声称鳗鱼会生育活幼鱼的人，被自己的无知误导了，他们的理解不是基于事实得出的。对那些说鳗鱼有不同的性别，还指出雄性鳗鱼的脑袋比雌性的要大的科学家，亚里士多德表示了鄙夷，说他们将物种差异误认为性别差异。

亚里士多德对鳗鱼做过研究，这是显而易见的。也许是在莱斯沃斯岛上，也许是在雅典。他将它们切开，研究过其内部器官，寻找过它们的卵和生殖器官，寻找过它们到底是怎样形成的。他大概曾多次把一条鳗鱼拿在手里，仔细看着它，认真思考它是什么生物。他得出的结论是，它们完全是一种自成一派的动物。

亚里士多德建立起来的这套认识动物和自然的方法，后来影响了——几乎靠一己之力——整个现代生物学和自然科学，由此也影响了后来所有研究鳗鱼的尝试。这首先是一种经验主义。亚里士多德说，只有通过系统的方式来观察自然，我们才能描述它；只有通过正确的方式来描述它，我们才能理解它。

这套方法很激进，大体上也是很成功的。亚里士多德的很多观测都极为精确，更别说它们都是在思想界还远没有出现动物学这门学科的时代进行的。特别是在水生动物领域，他的知识远远领先于他所处的时代。例如，他解释并描述了章鱼的解剖和繁殖，而他所使用的方法，直到19世纪才得以被现代动物学证实是正确的。而关于鳗鱼，亚里士多德准确地说出它们可以在淡水与咸水之间迁徙，它们有着非常小的鳃，夜里很活跃，而白天则躲在较深的水域。

　　但就鳗鱼而言，他也说了大量显然非常奇怪的疯话。尽管他有一套基于观测的系统研究法，但是他从来没能真正了解鳗鱼。他写道，鳗鱼吃草和草根，有时甚至吃泥土。他写道，鳗鱼完全没有鳞。他写道，它们能活7到8年，可以在陆地上生存5到6天；而如果遇到刮北风，还能存活得更久。他还写道，鳗鱼没有性别，是凭空长出来的。亚里士多德确信，鳗鱼最初的形体其实类似于小型的蠕虫类生物，类似于一种蚯蚓，自发地从土壤和淤泥里生长出来，不需要其他生物的参与。这种蠕虫出现在大海和河流里，尤其是那些有着丰富的腐烂植被的地方，最适合它们的是较浅的沼泽地和长满水草的河床，那些水被阳光照得很暖和的地方。"这一点毋庸置疑，"亚里士多德写道，并为这场讨论画上了句号，"关于鳗鱼的繁殖，就是这样。"

　　所有的知识都来自经验。这是亚里士多德最早也是最基本的领悟。对于生命的研究必须是经验的和系统的。事实必须按照我

们的感官所感受到的样子去描述。首先要说明某个东西存在，然后才能集中精力去问那个东西是什么。只有在我们收集到关于那个东西是什么的所有信息之后，我们才能靠近那个更抽象的问题——它为什么是这样的。也正是这种见解，为后来绝大多数试图用科学来认识世界的努力奠定了基础。

可为什么鳗鱼偏偏能溜出亚里士多德的理解范围呢？这似乎是一个无法回答的问题。无论他多么认真、多么系统地研究鳗鱼，得出的结论都是近乎荒谬而不科学的。

正因如此，鳗鱼才如此与众不同。自然科学界有很多谜，但很少像鳗鱼之谜这样持续这么久、这么难以破解。它们不仅观察起来异常麻烦——因为它们奇特的生命历程、怕光的特性，以及数次变身和烦琐的繁殖方式，而且还非常隐秘，它们的行为方式既像是有意识的，也像是命中注定的。即便我们成功地观察到了它们，即便我们凑得很近，它们似乎仍然溜出了我们的认知范围。那么多人花了那么多时间和精力去研究鳗鱼，试图理解它们，我们理应比现在知道的更多。可我们还是没能做到这一点，为何会如此，这仍然是个谜。在动物学界，这通常被称为"鳗鱼问题"。

亚里士多德可能是最早把对鳗鱼的误解用文字记录下来的人之一，但他当然远远不是最后一个。进入现代以后，人类对鳗鱼的研究依然不明朗。大量杰出的科学家以及有着不同程度热情的业余爱好者都对鳗鱼进行了研究，但都没能真正认识它们。这其中不乏科学史上最响当当的名字，他们想解开鳗鱼问题而不得。仿佛人类的感官还不足以完成这项任务，仿佛观测和经验本身都不够用了。不管人们怎么努力，鳗鱼躲在黑暗和淤泥中的某个地方，成功逃离了科学界的认知范围。在鳗鱼这个问题上，那些本来博学的人，在某种程度上却总是受到信仰的摆布。

以前，人们通常会把鳗鱼和其他鱼区分开来。它们自成一个物种，有自己的外形和行为习惯，有看不见的鳞片和几乎注意不到的鳃，还有可以在陆地上存活的能力。它们如此不同，以至于很多人认为它们其实是一种生活在水里的蛇或两栖动物。早在荷马的时代，他就已经把鳗鱼和鱼视为两种不同的动物了。《伊利亚特》中的阿喀琉斯在杀死阿斯忒罗派俄斯并将他扔在一条河的水边后，他是这样说的："来吧，成群的鳗鱼和鱼儿，来这具尸体身边，用你们贪婪的嘴把这肾脏周围的脂肪啃干净。"直到今天，人们还是会时不时提到这个问题："鳗鱼是不是鱼？"

围绕鳗鱼到底是什么动物的这种不确定性，也常常给人们带来一种疏远感。人们害怕鳗鱼，或者厌恶鳗鱼，它们黏糊糊的，身子扭来扭去，长得像蛇一样，据说会吃人的尸体。它们在隐秘处、在黑暗中、在水底的淤泥里活动。鳗鱼是一种不同于其他动物的生物，无论它们分布如何广泛，在我们身边的水域里和我们的餐桌上多么常见，在某些方面来说，它们对我们而言一直是一种陌生的生物。

在围绕鳗鱼的所有谜团中，持续时间最长、被人讨论得最多的依然是：它们到底是怎样繁殖的。直到最近这一个世纪，我们才能就这个问题给出一个合理但仍然不够完善的回答。在很长的时间里，许多人都选择相信亚里士多德和他的理论，说这是一种自己从淤泥里长出来的蠕虫。另一些人相信自然哲学家大普林尼[1]的说法。大普林尼死于公元 79 年维苏威火山爆发的时候。他说鳗鱼跟石头发生摩擦，身体释放出一种微粒，这种微粒变成新的鳗鱼，它们通过这种方式来增殖。有一些人相信希腊作家阿特纳奥斯（Athenaeus）[2]的说法，他于 3 世纪解释说，鳗鱼分泌一种液体，这种液体沉入淤泥中，然后变成新的生命。

有史以来，各种充满想象的理论层出不穷。在古埃及，人们深信鳗鱼是自己产生的，当太阳温暖了尼罗河水，鳗鱼就会凭空长出来。在欧洲各地，人们认为鳗鱼是从海底腐烂的植物中诞生的，或是从一条死去的鳗鱼已经腐烂的尸体上长出来的。人们认为鳗鱼产生自海水的泡沫，或是春天当阳光遇到湖泊、河流两岸的某种露水时形成的。在人们很喜欢钓鳗鱼的英国乡下，长期以来大家更倾向于相信一种理论，即鳗鱼是马尾上的毛落入水中后形成的。

在关于鳗鱼是如何形成的这个问题的各种理论中，有很多显然都是基于一个共同的想法，即生命可以由没有生命的物质演变

---

1. 盖乌斯·普林尼·塞孔都斯（Gaius Plinius Secundus，23—79），又称大普林尼，古罗马作家、自然哲学家，著有《自然史》一书。
2. 罗马帝国时代作家，生平不详，用希腊语写作，留下《欢宴的智者》一书。

而成。那是一种自发形成的生命，是宇宙诞生的一个小回响。比如，一只从一粒尘埃中诞生的蚊子，一只从一块肉中诞生的苍蝇，一条从淤泥里长出来的鳗鱼，这通常被称为"生物自生说"，在显微镜被发明之前，这是科学界一种非常普遍的想象。人们单纯地相信自己所看见的东西，比如当我们观察一块腐烂的肉时，突然看到苍蝇的蛆虫从里面爬了出来，但在没有观察到苍蝇或苍蝇卵的情况下，人们除了相信蛆虫是自己长出来的，还会相信别的什么解释吗？同样，如果人们没有观测到进行繁殖的鳗鱼，就所看到的情况来说，它们也没有任何生殖器官，那么人们也只能相信鳗鱼是自己长出来的。

"生物自生说"的想法自然也把我们带回万事万物的起源、最初的生命诞生的问题上来。如果存在一个明确的开始，即生命从无到有诞生的时刻（无论人们认为这是神迹，还是别的什么因素造成的），那么，认为这种自生现象，比如鳗鱼的诞生，也是可以重复的，也许就不完全是疯话了。

对万事万物到底是怎么起源的，有各种不同的解释。《圣经·创世记》中讲到一阵"神风"扫过荒芜空旷的土地，不仅制造了光、陆地和植被，还制造出所有的动物。古代的斯多亚学派的哲学家们说到了"元气"，即生命的气息，那是尘世的生命与灵魂共同需要的空气和热量的结合。不过这些说法的前提是，相信没有生命的东西可以转变成有生命的东西，活着的东西和死去的东西实际上互相依存，在那些看起来没有生命的东西中也可能存在某种形式的生命。当人们无法看懂和解释鳗鱼的时候，最简便的解释自然就是这种了。鳗鱼问题折射出的其实是"所有生命从何而来"的谜团。

然而鳗鱼之所以如此与众不同，是因为直到今天，当我们试图了解它们的时候，在某种程度上我们仍然选择投身于信仰。因为即便今天我们以为自己知道了鳗鱼的生活和繁殖习性——从马尾藻海出发的漫长旅行、一次次蜕变、耐心的等待、为了繁殖而返回海洋的旅行，以及之后的死亡，即便这一切可能都是真实准确的，这其中仍有很多东西只是我们的猜测。

没有人见过鳗鱼繁殖，没有人见过一条鳗鱼让另一条鳗鱼的卵受精，也没有人成功地在饲养环境中让鳗鱼繁殖。人们认为所有的鳗鱼都是在马尾藻海孵化出来的，那是因为最小的柳叶状鱼苗是在那里被发现的。但是没有人确切地知道鳗鱼为什么偏偏要在那个地方而且只在那个地方繁殖。没有人确切知道它们是怎样完成这趟回马尾藻海的漫长旅行的，也没有人知道它们是怎样找回那里的。人们认为所有的鳗鱼繁殖后都会在短时间内死去，这是因为在此之后没有人发现过活鳗鱼。而另一方面，没有一条成年的鳗鱼——无论是活着的还是死去的——在它们的繁殖地被人观测到过。也就是说，没有人在马尾藻海见过一条鳗鱼。也没有人能完全明白鳗鱼每一次蜕变的目的，没有人准确地知道一条鳗鱼能活多久。

亚里士多德死后 2000 多年来，鳗鱼仍然是自然科学界的一个谜，因此它也成了所谓形而上学的一种象征。"形而上学"可以追溯到亚里士多德（虽然这个概念是在他死后才被提出来的）。它是哲学的一个分支，研究的是客观自然之外的事物，是我们借助感官不能观测到并描述的事物。

它所研究的并不一定是上帝。更准确地说，形而上学是一种描述事物的本质，也就是整个现实的尝试。它声称，存在本身与存在的性质是不一样的。它还声称，这两个问题是相互独立的。鳗鱼存在。存在在先。而存在是什么，则完全是另一码事。

我愿意认为，也正因如此，鳗鱼才持续让那么多人着迷。原因就在于，人类的知识还不完善，因此信仰与科学的交叉地带——在那里事实与神话和想象的痕迹并存——才如此有吸引力。原因也在于，那些相信科学和自然规则的人，偶尔也愿意为神秘的东西打开一道小小的缝。

如果你认为一条鳗鱼应该保持它现在在我们认知中的样子，那么至少在某种程度上，你也必须允许它仍是一个谜。至少目前是这样。

后来鳗鱼确实仍然是个谜。它们是鱼还是别的全然不同的物种？它们是怎样繁殖的？是产卵，还是生育活体幼鱼？它们是没有性别的生物吗？它们是雌雄同体的生物吗？它们在哪里出生，又在哪里死亡？在亚里士多德死后的那么多个世纪里，鳗鱼是被很多理论关注的对象，所有试图了解它们的努力都必然充满神秘感。在中世纪，有两种理论特别常见，它们经常是结合在一起的：一种理论说，鳗鱼是胎生动物，也就是说它们生育出活体幼鱼；另一种理论说，鳗鱼是雌雄同体的，也就是说它们同时拥有两种性别。

17世纪，随着自然科学的复兴，鳗鱼问题成了一个更为系统的学科研究的对象。亚里士多德的遗产——尤其是他坚持认为需要对自然进行系统性观测的主张——被重新拾了起来，于是人们对世界的看法，包括人们对鳗鱼的看法，发生了改变。

然而即便如此，还得等上很多年，人们才开始找到鳗鱼之谜的答案。鳗鱼生出活幼鱼这种理论早已被亚里士多德坚决否定了，可是后来这种理论却发展得更为强劲。比如英国作家艾萨克·沃尔顿（Izaak Walton），他于1653年出版了第一部关于钓鱼的书《钓客清话》，大获成功。他说，鳗鱼是胎生的，会生出活体幼鱼，但它们也是没有性别的。新鳗鱼是在老鳗鱼的体内形成的，但在这之前并不存在受精现象。

后来又出现了来自比萨的意大利医生、科学家弗朗切斯科·雷迪（Francesco Redi），他第一次对生物自生的观念进行了有根据的批判。通过用苍蝇进行的实验，他于1668年证明了创造生命需要卵子和受精。"所有的活物都是由卵子变成的。"他说。他还研究了鳗鱼，并成功地表明，人们偶尔能在鳗鱼肚子里找到的那种幼小的蠕虫状生物实际上应该是寄生虫，而有些人猜测它们是还未出生的小鳗鱼。雷迪认为，鳗鱼可能根本不是胎生的，但他一直没能找到任何生殖器官或卵子，也没能回答它们是如何进行繁殖的这个问题。

在这种背景下，意大利帕多瓦大学得知了一个轰动性的消息。那一年是1707年，一位叫桑卡西尼的外科医生参观了意大利东海岸科马基奥的一处鳗鱼养殖场。他在那里看到了一条鳗鱼，它又大又肥，于是他便忍不住拿出手术刀将它剖开。在这条鳗鱼的体内，他发现了非常像生殖器官的东西，以及非常像鱼卵的东西。

他把这条切开的鳗鱼寄给他的朋友，帕多瓦大学自然史教授安东尼奥·瓦利斯内里（Antonio Vallisneri）。作为"生命可以无中生有"观念的坚定反对者，瓦利斯内里自然感到非常激动，他又把这条鳗鱼寄给了博洛尼亚大学，那个时代的很多杰出的自然科学家都在那里。

这条来自科马基奥的鳗鱼，使得对鳗鱼繁殖问题的研究再次焕发新生，在启蒙运动时期的很长一段时间里成为自然科学领域的兴趣焦点。但这条鳗鱼并没有真的如瓦利斯内里所希望的那样引起轰动。因为人们要问：找到的这些物质到底是什么？这些物质看起来像是生殖器官和鱼卵，可谁能确定呢？一件事情要得到证实，需要进行系统性的观测和进一步的研究，需要开展略微激烈的学术辩论，而不仅仅是提供信息。著名解剖学教授安东尼奥·玛丽亚·瓦尔萨瓦（Antonio Maria Valsalva）认为，瓦利斯内里希望称为生殖器官和鱼卵的那些东西，极有可能只是寻常的脂肪组织，毫不出奇。另一位科学家认为，这可能是崩裂的鱼鳔。这种怀疑引发了一场学界争执。一位叫莫里内利（Mollinelli）的教授发起了一场悬赏活动，奖励能够上交一条肚子里被证实有鱼卵的鳗鱼的人。他得到一个看起来很像的样本，直到后来他才发现，上交这条鳗鱼的渔民因为希望得到奖金，往鳗鱼肚子里塞满了其他鱼的卵。

就这样，这条来自科马基奥的鳗鱼成了一个学术传奇，可鳗鱼问题仍然没有得到解决。人们找到的到底是什么东西，大家对此意见纷纭。而在瑞典，1758 年给欧洲鳗鱼制定学名的卡尔·冯·林奈，得出了一个也许更为省事的结论：鳗鱼应该还是胎生的。

直到瓦利斯内里发现那条鳗鱼 70 年后，凭借一个近乎诡异的历史巧合，鳗鱼问题才有了第一个突破。一条新的鳗鱼，也是在科马基奥附近钓到的，来到了博洛尼亚大学的一张桌子上。这一回这张桌子属于解剖学教授卡洛·蒙迪尼（Carlo Mondini），他后来因为描述并命名了一种导致耳聋的耳朵畸形而闻名。蒙迪尼对这条鳗鱼进行了研究，并写了一篇现已成为经典的关于鳗鱼问题的文章。他在这篇文章中第一次以一定的科学准确性对一条性成熟的雌性鳗鱼所具有的鱼卵和生殖器官进行了描述。之前那条来自科马基奥的鳗鱼，也就是 70 年前安东尼奥·瓦利斯内里寄

到博洛尼亚大学的那条，在蒙迪尼看来是一个误会。通过与前辈
们的发现做比较，他指出，当年在那条鳗鱼肚子里找到的东西，
极有可能只是崩裂的鱼鳔。而这条新的鳗鱼体内的东西则是货真
价实的。它体内那些褶皱状物体确实是生殖器官，那些水滴状的
小东西确实是鱼卵。

那一年是 1777 年，关于鳗鱼到底是什么的问题可以说终于
有了一个初步答案。如果一条鳗鱼能够拥有生殖器官，能够被证
实会产卵，那么无论如何它都不是自生的。它在很大程度上仍然
是个谜，但至少是植根于这个能被我们观测和描述的世界的一个
谜。伴随着蒙迪尼的发现，鳗鱼与人类之间的距离更近了一步。
现在缺的只是这个生物学方程式的第二部分了。

4 凝视鳗鱼的眼睛

爸爸喜欢钓鳗鱼有很多原因，我不知道他把哪一个放在首位。

但不管怎样，我知道他喜欢去那条小溪旁，置身于那种有魔力的、杂草丛生的环境，那里有静静流淌的溪流，还有柳树和蝙蝠。他父母家就在几百米之外。那是一个带有住宅和马厩的农庄，院子外有一条窄窄的碎石路沿着平缓的斜坡而下，通往小溪。爸爸自孩提时代起就在那里奔跑，去钓鱼或游泳。这条小溪仿佛构成了他的世界的外在边界。他在水边高高的草丛里钻来钻去抓老鼠，把活老鼠塞进裤子口袋里带回家，然后在院子里用它们练习打弹弓。冬天他在结冰的水面上溜冰。夏天，他跪在田野里拔甜菜或挖土豆，这时他可以听到急流的声音。

这条小溪代表他最初的起点，是他熟悉、亲近并且不断回去的地方。而在那隐秘的溪底活动、偶尔现身的鳗鱼代表的则是另外一种东西。它们更像是一种提醒：关于鳗鱼或者人类，关于我们从何而来、要去何处，我们所知的是如此之少。

我还知道爸爸喜欢吃鳗鱼。夏天，当我们钓来很多鳗鱼时，他可以一周吃上好几天。他通常会把鳗鱼跟土豆用熔化的黄油煎着吃。妈妈负责做饭，她把去了皮并洗净的鳗鱼切成10厘米长的鱼段，裹上面包屑，加点盐和胡椒，用黄油来煎。我喜欢看她煎鳗鱼。每次当她把鱼放到热铁板上时，都会发生一种看起来不太真实的景象——鳗鱼段在动。当它们被烫到后，仿佛痉挛般一跳一跳的，仿佛这些鱼段仍有生命。

我站在一旁，惊讶地看着这个场景。一个身体刚刚还活着，但现在已经死了，甚至被切成了一段一段的，可它仍然在动！如果死亡意味着静止，那我们是否真的可以说这条鳗鱼已经死了？如果死亡带走了我们感知的能力，那这条鳗鱼如何还能感觉到铁板上的热度？心脏不再跳动了，但它身上仍然存在某种生命。我想知道生命与死亡的边界到底在哪里。

后来我在某处读到，章鱼的触角上有大量的神经末梢。其触角上集中的神经细胞实际上要比大脑里的多。此外每一个触角都构成一个神经中枢，独立于头部的中央大脑。这好比它在每一个触角的顶端都有一个小而自主的大脑。也就是说，触角可以自己行动。一只章鱼既可以用触角进行感知，也可以用触角尝味道，有些种类的章鱼触角上甚至有感光的神经细胞，使得它们在某种意义上可以用触角去看。不过还不止这些：当你切下章鱼的一根触角，这根触角不仅能继续活动，还能像一个几乎完全独立的生

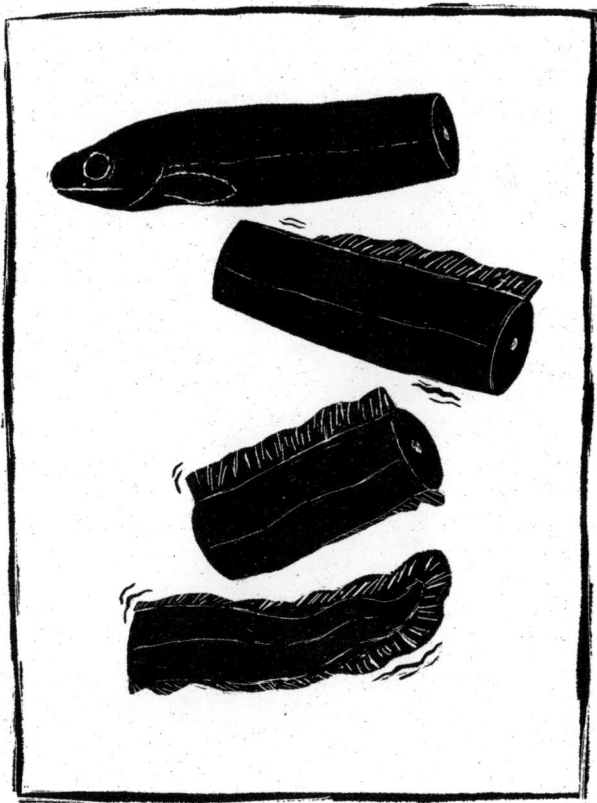

物那样活动。我们可以扔一块食物给这根触角，它会抓住食物，试图把它送到那个已经不再跟它连接的头部的位置。

我在鳗鱼身上看到了相似的行为。我曾切下一条鳗鱼的头，看着它身子的其余部分游走，仿佛在试图拯救自己。我看着它在无头的状态下继续活动了好几分钟。对鳗鱼来说，死亡似乎是相对的。

我自己只有在万不得已的情况下才会吃鳗鱼。这并不是因为我同情它们，而是因为我不喜欢吃鳗鱼。那种肥腻的、有点腥的味道让我感到恶心。但是爸爸爱吃鳗鱼。他用手拿着吃，把骨头啃干净，舔手指上的油脂。"真是肥美啊。"他说。但是用斯科讷[1]话说出来更像是"该死的"。他除了煎着吃，还会煮着吃。也是切成同样长的一段一段，放进一锅盐水里和多香果、月桂叶一起煮。鳗鱼肉变成了全白色，看起来油亮亮的。比起煎鳗鱼，我更不喜欢煮鳗鱼。

但是我很愿意帮爸爸照看我们抓住的鳗鱼。清早当我们从溪边回到家时，我们把鳗鱼装在盛着溪水的黑色水桶里。我们往另一个更大的桶里装满清水，把鳗鱼倒过去。然后它们要在那里待上几小时，有时候是一整天。中间某个时候，我们会给水桶换水。

我经常会出去看它们。妈妈的工作是帮人看孩子，房子里全

---

1. 瑞典最南部的一个省。

是小孩，我经常带其他孩子去放着水桶的车库里玩。我用手戳那些鳗鱼，试图让它们游动起来。我演示怎么抓它们，用食指和中指夹住鳗鱼的身体两侧，大拇指像钩子一样卡住下面。我把鳗鱼拎起来，让它们在空中蜷缩、扭动。它们在水桶里可以一动不动，就像死了或瘫痪了一样。可是当我把它们拎起来的时候，它们突然有了一股狂暴的力量，缠住我的胳膊。我身上散发出一种鳗鱼黏液干了的臭味。我从不让其他孩子动鳗鱼。

到了晚上，我们开始杀鳗鱼。这是一出残酷的场面。爸爸抓起鳗鱼，将它摁在一张桌子上，拿出剖鱼刀，把锋利的刀尖直接扎进鳗鱼头部。鳗鱼快速地抽搐扭动，身体蜷缩，仿佛整个身体是一大块肌肉。等它稍微平静下来后，爸爸把刀抽出来，把鳗鱼放到一块近 1 米长的木板上。他用一根约 12 厘米长的钉子将鳗鱼的头固定在木板上，使得它像被挂在十字架上一样。然后他用刀扎进皮肤，沿着鳗鱼头部以下的身体切开一道口子。

"我们来把它的睡衣脱掉。"爸爸说着，递给我一把钳子。我夹住皮肤的豁口，唰的一下把鳗鱼皮剥了下来。里面蓝莹莹的，像一件小孩的睡衣。有时，鳗鱼的身体仍会轻缓地摆动着。

我们打开鳗鱼的身体，将内脏清理干净，把头切下来，然后鳗鱼就杀好了。

如果鳗鱼很大，我们就会去称一下，不过它们基本上总是差不多大小，在半公斤到一公斤之间。它们可能在肥瘦程度和颜色上略有差异，有些颜色偏白一点，另外一些是更为暗沉的黄褐色。但大体上它们都非常相似。在我们钓鳗鱼的这么多年里，从来没有钓到过一公斤以上的鳗鱼。我们自然把这种大小的视为鳗鱼中的巨人，不过我们也知道，存在近两公斤的鳗鱼。爸爸的梦想就是能钓到那样大的鱼。他在报纸上读到过一篇关于一个业余钓鱼人变成一个钓大鳗鱼的专家的报道。

"他能在溪边一连坐上整整三天，"爸爸说，"三天三夜，他只是坐在那里等。他可能坐了三天，但什么都没发生，然后突然鱼就上钩了。一条接近两公斤的鳗鱼！"

耐心显然是首要条件，你必须舍得把时间花在鳗鱼上面。我们把这个理解为一种交易。

我们也试过其他鱼饵。我们把冻虾挂在鱼钩上，也试过肥硕的蛞蝓和甲虫，效果都不是特别好。有一回我们在溪边的草丛里发现一只死青蛙，它肥硕光滑，可能是我们不小心踩死的。爸爸把它挂到鱼钩上，再将鱼钩扔进溪水中，然而到了第二天早晨，青蛙不见了，鱼钩空了。我们重新用起了蚯蚓。我们不断在诱饵上下功夫，觉得终有一天一条大鳗鱼会出现的。

直到今天它也没有出现，这件事只是让鳗鱼继续成为我们心中的一个谜。我认为也正是因为如此，爸爸才成为一个钓鳗鱼的爱好者。他给我讲玻璃鳗、黄鳗和银鳗的故事，讲它们是如何改变形状的，讲那些活得比人还久的鳗鱼，讲生活在狭窄黑暗的井里的鳗鱼。他讲鳗鱼穿过大西洋回到出生地的漫长旅行，那是一个离我所认识的世界很远，甚至是我无法想象的地方。他讲它们是怎样利用月亮——或者太阳——的活动进行导航的，讲每一条鳗鱼是如何出于某种不明原因知道自己要去哪里的。它们是怎么能够如此确信这些事情的？它们对自己所选的路怎么能够如此确信？

在爸爸讲的马尾藻海的故事中，它就像是一个陌生的童话世界，或者世界尽头。我眼前浮现出一望无际的辽阔大海，突然变成了一片由海草组成的厚厚的地毯，海草丛中生机勃勃，鳗鱼们互相缠绕着游来游去。它们死去，沉入海底，而与此同时，小小的透明的柳叶鳗游了上来，让自己被看不见的海流带走。每当我们抓住一条鳗鱼的时候，我都会凝视它的眼睛，想一瞥它曾经看见的那些东西。可它从不曾与我四目相接。

5 西格蒙得·弗洛伊德与的里雅斯特的鳗鱼

对于一条鳗鱼，我们到底能知道多少？对于一个人呢？这两个问题有时候是同一个问题。

1876 年，当西格蒙得·弗洛伊德接过亚里士多德于 2000 多年前留下的挑战时，他 20 岁。亚里士多德之后，很多人接手过这个挑战，可惜都徒劳无功，他们又继续传给了后面的人。西格蒙得·弗洛伊德注定是为自然科学界寻找圣杯的人。他将去寻找鳗鱼的睾丸。

弗洛伊德 1856 年生于摩拉维亚的弗赖贝格（今属捷克），但是在 3 岁时搬去了维也纳。还在很小的时候，他就是一位非常出色的学生了，对文学感兴趣，极有语言天赋。他 17 岁的时候进入维也纳大学。他学习医学，但也研究诸如哲学和生理学等其他学科，并跟着卡尔·克劳斯（Carl Claus）学习动物学。

卡尔·克劳斯专攻海洋生物学，是坚定的达尔文主义者，也是甲壳纲动物方面的专家，但他也像这个领域里的所有人一样对鳗鱼感兴趣。他早年研究过雌雄同体的动物，当时这个理论仍普遍用于鳗鱼身上。除了担任维也纳大学的教授职务外，他还是的里雅斯特一个海洋研究所的所长。

19世纪上半叶，鳗鱼问题一直没有什么动静。卡洛·蒙迪尼1777年发现一条雌性鳗鱼的生殖器官并对它进行了可信的描述后，找到并确认雄性的器官显然就只是一个时间问题了。有了这些发现，这个关于鳗鱼繁殖问题的多年谜团将最终被解开。

不过一开始，很多人都怀疑蒙迪尼的发现。意大利自然科学家拉扎罗·斯帕兰扎尼（Lazzaro Spallanzani）就是一位这样的怀疑论者，但后来他将以"彻底终结生物自生说的人之一"的身份被写进历史。斯帕兰扎尼亲自去科马基奥调查蒙迪尼的发现，认为这个发现不可信。这个结论自然也非常权威。那么多杰出的科学家在那么长的时间里都试图解释和描述过鳗鱼的性别和繁殖方式。为什么其他人没有成功？这么多年来，只找到唯一一条有性器官和鱼卵的鳗鱼。为什么没能找到更多？不，蒙迪尼的鳗鱼似乎是独一无二的。它应该是不可信的。另外，有时候这跟客观的可信度没有太大关系，而跟大家愿意相信什么有关。在科学界，有很多人就是不愿意相信卡洛·蒙迪尼的这条鳗鱼。

在德国，对鳗鱼性别的寻找在很长一段时间里成了一场民间闹剧。能够找到一条带卵的鳗鱼的人，可以得到50马克[1]的奖

1.德国在2002年使用欧元前的法定货币。

励。全国的报纸都在报道这件事。这些鳗鱼要被寄给鲁道夫·菲尔绍（Rudolf Virchow）教授，他将对它们进行认真研究，德国政府的渔业部门负责支付运输费。媒体报道和丰厚奖金带来的结果是，大量鳗鱼被打包寄来。成百上千条鳗鱼被从德国各地寄来，有吃了一半的、腐烂的，还有爬满小寄生虫的。这么多包裹蜂拥而至，差一点将政府部门摧毁。可即便如此，带有鱼卵的性成熟的鳗鱼还是没有出现。

直到 1824 年，德国解剖学教授马丁·拉特克（Martin Rathke）才成功地找到并恰当地描述了一条有着成熟生殖器官的雌性鳗鱼。1850 年，还是这位拉特克，发现了一条肚子里有完全成熟的鱼卵的鳗鱼。看起来，蒙迪尼可能一直都是对的，他对鳗鱼生殖器官的描述跟拉特克的描述是吻合的，只不过蒙迪尼那条鳗鱼的鱼卵处在早期阶段，因此要小得多。

随着这个生物学方程式的第一部分得到证实，对第二部分——神秘的睾丸——的寻找便可以正式开始了。然而一开始进展十分缓慢。很多科学家仍然选择相信鳗鱼是雌雄同体的。人们在那些性成熟的雌性鳗鱼的生殖器官旁边找到的脂肪组织，可能也是雄性器官。不然的话，怎么解释科学界经过这么多年的努力仍未找到这个谜团的答案呢？

自然科学界以外的人大多也不愿意继续相信那些更老旧的、更像是想象出来的理论。1862 年，业余研究者戴维·凯恩克罗斯（David Cairncross）出版了一本书，名字叫《银鳗的起源》。他在

书中重提了撒丁岛渔民的一种古老理论，认为鳗鱼最初的形态其
实是一只甲虫。鳗鱼们在干燥的陆地上和在水里适应得一样好，
这就可以证明它们曾经是昆虫。

直到卡洛·蒙迪尼发现那条鳗鱼将近 100 年后，也就是 1874
年，波兰动物学家希蒙·希尔斯基（Szymon Syrski）宣布，他和
的里雅斯特自然历史博物馆的同事们发现的一条鱼可能是成熟的
雄性鳗鱼。在它体内，他们发现了一个小小的叶形器官，有别于
蒙迪尼和拉特克的描述。这很可能是大家一直在找的鳗鱼睾丸。
但因为希尔斯基对这个器官的描述还不够充分，也未能证明它确
实能产生精液，因此一切都还不确定。科学界需要进行更多的
观测。

正因如此，卡尔·克劳斯于 1876 年 3 月决定派他自己在维
也纳大学的一个年轻学生去的里雅斯特研究所。于是，19 岁的
西格蒙得·弗洛伊德就这样来到了地中海旁的一个简陋的实验室
里，一只手上拿着刀，另一只手上拿着一条死去的鳗鱼。

19 岁的西格蒙得·弗洛伊德是一个有着坚定而宏伟的计划
的年轻人。此前一年他拜访了曼彻斯特，他很喜欢那里，甚至包
括那里的雨水和气候。他渴望去更多的地方，最渴望的是能把更
多时间用于实际的科学工作，能学到各个领域更多的知识，能去

发现事物、描述事物、理解事物。他喜爱待在实验室里，在显微镜里看到的东西永远都是真实的，不容许偏见和迷信的存在。人类所有知识的起源都在实验室里。他憧憬着一个为科学服务的人生，也许是在英国，也许是在一个完全不同的地方。他很严肃地思考过将自己的生命奉献给自然科学，奉献给生物学或生理学——它们有着清晰而具体的定义。在一张 1876 年的全家福中，他站在正中间，是所有兄弟姐妹中个子最高的。他一只手放在妈妈阿玛利亚坐的椅子上，穿着三件套西服，梳着偏分头，留着整洁的深色胡子。他直视相机，目光坚定，仿佛这个世界上没有什么东西能让他感到不安。

正是这个 19 岁的年轻人，在 1876 年春天满怀解开鳗鱼之谜并留名科学史的野心来到了的里雅斯特。的里雅斯特——这座位于亚得里亚海东北隅的城市——当时属于奥匈帝国，是一座作为海军基地和港口的重要大都会。1869 年苏伊士运河建成以后，它还是通往东方的一扇大门。在的里雅斯特的码头，人们卸下咖啡、大米和香料。世界各地的轮船来到这里，这里汇聚了来自整个欧洲的人：意大利人、奥地利人、斯洛文尼亚人、德国人和希腊人。早在罗马帝国时期，的里雅斯特就是一个人流汇聚之地、一个朝圣之地、一个各种语言和文化的碰撞之地。跟费赖贝格或维也纳相比，这肯定是一座让人印象深刻、复杂且神秘的城市。

那么，年轻的西格蒙得·弗洛伊德在的里雅斯特发现了什么呢？这方面的内容我们知道得很多，因为他在写给儿时的朋友爱

德华·西尔伯施泰因（Eduard Silberstein）的多封信中描述了他
在那里的经历。他是用西班牙语写的，因为他和西尔伯施泰因是
在学西班牙语时成为朋友的。他写到了这座城市，写到了它的餐
馆、商店和居民。他时不时会用一些奇怪的词，也许是因为西
班牙语对他们来说是外语，但更有可能这是朋友间的一种密码
文字。

　　在 3 月 28 日写的第一封短信中，弗洛伊德说的里雅斯特是
一座非常美丽的城市，"野兽们都是极漂亮的野兽"。他说的"野
兽"指的是女人。在的里雅斯特最初的日子里，正是女人们让他
最为着迷。在那些信中他说，到这座城市的第一天他就被深深吸
引了，他遇到的每一个女人看起来都像"女神"一样。他详细描
述了她们的容貌和身体上的优点，她们身材高挑苗条，有着高高
的鼻子和深色的眉毛。她们的肤色比想象中要白，有着好看的发
型，有些人会把一缕头发垂下来遮住一只眼睛，仿佛勾引人的诱
饵。他去了隔壁城市穆贾，写到那里的女人似乎格外能生育，几
乎每两个女人中就有一个怀孕了，助产士在这里应该既不缺工作
也不缺收入。他带有讽刺意味地推测，那些女人也许受到了"海
洋动物"的影响，因此"终年结果"。他还推测，她们是不是在
某些特定时间共同进行繁殖的，"这是该由未来的生物学家回答
的问题"。

　　他观察、描述这些女性，就像一位科学家一样，不过同时，
她们对他来说是陌生的，就好像属于另外一个物种。然而，在的

里雅斯特，弗洛伊德似乎也没有结识什么亲密的女性。不久后，他的心情和他对这座城市的态度就发生了改变。他开始讲述自己的沮丧：那些吸引他的女人——既有年轻的也有年纪比较大的，似乎也让他在情感上感到迷惘。他批评她们用了太多化妆品。他写她们是如何坐在房子的窗边微笑着往外看，与男人四目相交的。他略带戏谑地抱怨说，因为自己的工作，他必须与她们保持距离。

他突然写道，的里雅斯特的所有女人都是"小蹄子"，奇丑无比。他似乎很烦恼，因为自己的情感不符合一个冷峻的、有体系的科学家的形象，而这正是他努力想成为的。"因为不允许对人类进行解剖，所以我拿她们没办法。"他注意到在这座城市中，即使年轻女孩也用化妆品之后这样写道。

仿佛是为了抵御让人分心的性方面的困惑，弗洛伊德转而将精力集中于工作。他在实验室里有一个自己的房间，离亚得里亚海只有一箭之遥。"我离亚得里亚海最近的一股海浪只有步行五秒钟的距离。"他在给西尔伯施泰因的信中这样写道。他还详细描述了他的工作地点：

　　我的房间布局不规则，写字台前面是唯一的一扇窗户，写字台有很多抽屉和巨大的桌面。另外还有一张桌子是用来放书和其他用品的。有三张椅子，几个架子，上面摆着二十多根试管。最后，还有一扇大门，可以走到外面。桌子左边的角落里放着显微镜，右边的角落里放着鱼。桌子中央有一张纸，旁边放着四支笔（所以我画的都是漫画，而且并非没有价值），纸笔前面摆着很多玻璃容器、平底锅、碗和木槽，里面装着海里来的一些奇怪的小动物，或者大型动物的肢体。其间还立着或平放着一些试管、仪器、针、盖玻片和显微镜玻璃。所以当我工作时，就没有地方放我的手了。我坐在桌子旁，从早上八点工作到十二点，从下午一点工作到晚上六点，相当勤奋。

每天早晨，他都会见到渔民们带着当天的收获——一整筐一整筐肥硕的亚德里亚鳗鱼——进港。然后他就直接进实验室开始工作。他向西尔伯施泰因说明了自己的工作目标，并附上简单的图画：

　　你知道鳗鱼的。长期以来人们只知道这种生物的雌体，就连亚里士多德都不知道雄体在哪里，因此他说鳗鱼是从泥土中长出来的。整个中世纪，甚至到了现代，人们都在积极寻找雄性鳗鱼。在动物学界，如果完全按照帕内特[1]的理念，在我们没能得到出生证据的情况下，在生物的繁殖活动尚未被我们观测到的情况下，如果这种动物没有什么

---

1. 约瑟夫·帕内特（Joseph Paneth，1857—1890），奥地利医生，他发现了小肠内的一种细胞，这种细胞后来被命名为帕内特细胞。

外在的性征，那我们就不能说哪些是雄性的哪些是雌性的。它们身上具有不同的性征，这一点必须首先得到证实，只有解剖学专家才能做这件事（因为鳗鱼不会记日记，我们无法就它们的性别得出结论）。亚里士多德对鳗鱼进行了解剖，既没有发现睾丸也没有发现卵巢……最近的里雅斯特的一位动物学家声称找到了鳗鱼的睾丸，由此发现了雄性鳗鱼。但是他显然不知道显微镜这种东西，因此没能对鳗鱼的睾丸做精确的描述。

西格蒙得·弗洛伊德日复一日地坐在实验室的桌旁解剖鳗鱼，在显微镜里寻找和观察，记录结果，寻找谜底。在显微镜下，所有的答案都将显现，这是科学的承诺。如果我们不能相信这一点，那还有什么东西是可以相信的呢？

不过，鳗鱼的睾丸不愿意现身，后来弗洛伊德越来越沮丧。每天傍晚六点半，他都会沿着的里雅斯特窄窄的街巷散个步。他经过商店和露天咖啡座，朝大海的方向走。在那里，在西沉的太阳下，水面变成了一面镜子，把所有的生命都掩藏其下。他听见码头工人在用德语、斯洛文尼亚语和意大利语交谈，他闻到香料和咖啡的香味，看见鱼贩把当天捕获的最后一点海产打包装好，看见涂着眼影的女人们朝广场上的酒吧走去。他看着那一切……心里却想着鳗鱼。

我手上沾满了海洋动物白色和红色的血渍，我内心看到的一切都是动物死去后那闪闪发亮的组织，它们总是进入我的梦境。我心里想的只有那些宏大的问题，它们是跟睾丸和卵巢——那些普世的关键问题联系在一起的。

在将近一个月的时间里，弗洛伊德待在简陋的实验室里，被单调且毫无成果的工作吞没了。最后他不得不说，他失败了。他没能找到他来这里寻找的东西：鳗鱼的雄性生殖器官，以及鳗鱼问题的答案。"我为了一个实验折磨着自己和鳗鱼，结果却是徒劳。我试图找到雄性鳗鱼，但我解剖的所有鳗鱼都显示，它们是雌性的。"

这是年轻的西格蒙得·弗洛伊德得到的第一项真正的科研任务，而他注定要失败。一连好几周，他都站在桌旁，坚持不懈地解剖鳗鱼，在它们冰冷、没有了生命的身体里翻寻，想找到生殖器官。在漫长的日子里，他要闻着死鱼的臭气，身上沾满鳗鱼的黏液，却连一个小小的睾丸都没有找到。弗洛伊德研究了400多条鳗鱼，没有任何一条能被证实是雄性的。他清楚应该在鳗鱼身体的哪个部位寻找，也能描述各种器官应该是什么样子的，尽管如此，他却一直没有找到他想找的东西。

在写给爱德华·西尔伯施泰因的一封信中，他在文字间画了一条游动的鳗鱼。这条鳗鱼的嘴唇的弧度似乎形成了嘲讽的微笑。在同一封信里，他对鳗鱼用了一个称呼，这个词他早先也用在另一种对他来说同样神秘的生物身上：野兽。

在另一种对他来说同样神秘的生物身上：野兽。

西格蒙得·弗洛伊德在的里雅斯特到底找到了什么？也许什么实质性的发现也没有，但他想必对某些真相是多么隐蔽有了初步的认识。鳗鱼的真相如此，人类的真相也一样。由此，鳗鱼也将在日后影响到现代心理分析学。

19 岁的弗洛伊德是一个很有野心的年轻研究者。他来到的里雅斯特，目的是写出一篇有开创性的研究报告，希望在这篇报告中彻底回答这个困惑了自然科学界许多个世纪的问题：鳗鱼是如何进行繁殖的？他应该在一定程度上懂得了耐心和系统的观察在研究中的重要性。这些知识日后将应用于坐在他诊室沙发上的病人。

同样，他是带着对自然科学的坚定信念来到的里雅斯特的，他坚信，对工作付出足够努力的人，前方一定会有奖赏在等着。然而，鳗鱼却让他不得不面对自己以及自然科学的局限性。他在显微镜下没有发现真相。鳗鱼问题仍然没有得到解答。一年后当他的报告完成时，他不得不承认，在鳗鱼的性别和繁殖方式的问题上，仍然没有什么能够得到证实。他用一种近乎自我否定的客观语气写道："基于我对那些叶形器官所做的组织学研究，我无法确定地说那就是鳗鱼的睾丸，但我也没有充分的理由来驳斥这种观点。"

鳗鱼欺骗了他，这或许导致了西格蒙得·弗洛伊德后来离开纯自然科学领域，转而投入更为复杂和无法量化的心理分析。另外，说到弗洛伊德日后将深入研究的那个领域，鳗鱼让他捉摸不透的方式也颇具讽刺意味。它们在他面前隐藏了自己的性行为。这个后来将会确定整个 20 世纪的人的性和性行为观的男人，这个对人类内心机制的研究达到前所未有深度的男人，在鳗鱼身上甚至都没能找到性器官。他去的里雅斯特寻找鳗鱼的睾丸，却只找到一个未解之谜。他想了解一种鱼类的性行为，结果却充其量只是在人类自身的性行为方面有所发现。

这件事具有讽刺意味，还因为弗洛伊德跟水生生物之间的关系在更早以前就有些复杂。有很多文字写到年轻的弗洛伊德跟一个叫吉塞拉·弗卢斯（Gisela Fluss）的女孩的关系。他们的关系始于 1871 年，15 岁的弗洛伊德有一段时间住在吉塞拉在弗赖贝格的家里。弗洛伊德显然被吉塞拉迷住了，当时她只有 14 岁。弗洛伊德在给爱德华·西尔伯施泰因的信中写到她有多么美丽迷人。这或许是他最初的性觉醒，然而却以受挫和压抑告终。几年后当吉塞拉跟另一个男人结婚时，弗洛伊德给她取了一个"鱼龙"（Ichthyosaura）的绰号。这个绰号来自一种跟恐龙同时期的史前水生爬行动物的学名。

对弗洛伊德来说，这自然是青春期的一个文字游戏。"弗卢斯"这个词的意思是河流。作为弗卢斯家的女性成员，吉塞拉就成了一种水生怪物，代表所有暗中涌动的压抑和沮丧，比如性。
弗洛伊德用一种史前水生生物的名字给她起绰号，可能也是告诉
自己，他在她身上感受到的青春且难以抑制的激情，现在已属过
往了。他不允许自己再被其他人或事物这样诱惑了。直到的里雅
斯特的"野兽"出现，她们仿佛是一个象征，是最初那个"鱼
龙"的后代。

　　在的里雅斯特的那段经历之后，要过上很多年，西格蒙
得·弗洛伊德才作为心理分析师，再次接近性这个领域。不过当
他再次触及这个领域的时候，他感兴趣的只是被隐藏和压抑的
性。他关于阉割焦虑的理论，讲的是孩子在低龄时会生出一种害
怕被阉割的恐惧，害怕被截去性器官，被剥夺性别。四五岁的男
孩，对母亲充满无意识的性渴望，同时会感受到跟父亲有一种竞
争关系。他感受到一种威胁，一种会因为自己的本能冲动而受到
惩罚的恐惧，但他也感觉到耻辱和自卑；他意识到自己在这个世
界上的渺小，这使得他要发展自我，慢慢地放弃对母亲的渴望，
转而开始对父亲的身份产生认同。弗洛伊德说，这个重要的事件
出现于男孩发现女性没有阴茎的时候。也就是说，他看到了女
性，看到了她没有男性性器官，在那一刻，他有了自我意识，意
识到了自己在这个世界上的位置。

　　弗洛伊德的"阴茎羡慕"理论与"阉割焦虑"同属一脉，不
过它研究的是女性性心理的发展。他认为，女孩一开始跟男孩一
样，也对母亲有着强烈的依赖，而当她发现自己缺少阴茎时，便

慢慢开始摆脱跟母亲的联系，转而被父亲吸引。女孩将阴茎视为权力和活力的一个象征。她懂得自己在世界上的位置，生出羡慕，感受到了她投射在母亲身上的羞愧。她意识到自己所缺少的东西，意识到男性性器官的缺位。在那一刻，她意识到了自己，以及自己的局限。

这些理论自最初确立就多次受到质疑，并且是从各种角度受到质疑。有或者没有男性性器官，在一个人的性心理发展过程中真的是一个如此重要的细节吗？这听起来很荒谬，有点可笑。这些理论产生于另一个历史情境，也规避了自然科学通常的研究方法。它们在压抑与隐秘处活动。它们无法被系统地观测、确认或反驳。它们不是在显微镜中呈现的真理。

但我们还是必须相信，它们建立在某种经验之上。我们在内心看到了这样一幅画面，看到了的里雅斯特一间狭窄实验室里那个年轻的科学家。他远离家乡来到一座陌生城市，穿着白大褂，戴着眼镜，深色的胡子整齐干净。他站在窗边的一张桌子旁，手里拿着一条黏糊糊的死鳗鱼。他在看显微镜，一如之前做过的400次观察。此刻透过镜片，他看到的不再只是一条鳗鱼，他还看到了自己。

尽管年轻的弗洛伊德如此刻苦，但是鳗鱼繁殖之谜还是继续了一段时间。1879 年，德国海洋生物学家利奥波德·雅各比（Leopold Jacoby）有些沮丧地给美国鱼类和渔业委员会写了一份报告：

> 对一个不熟悉此事的人来说，这一定难以置信；而对一个相信科学的人来说，确实有点丢脸：有一种鱼，在全世界很多地方都比其他鱼更常见，我们每天都能在市场和餐桌上见到它们，尽管现代科学界花了那么多力气做了那么多实验，它们仍然能够使自己的繁殖、出生、死亡方式保持隐秘。鳗鱼问题存在的时间，跟自然科学的历史一样长。

弗洛伊德和雅各比都不知道的是，只有到了需要用的时候，鳗鱼的性器官才会显现出来。它们形态上的变化不只是为了适应新情况而做的表面调整，而是更具有存在性的意义。时机一到，鳗鱼就会变成它们需要变成的样子。

直到弗洛伊德这番失败的努力过去 20 年之后，人们才在西西里岛的墨西拿海峡成功找到了一条性成熟的雄性银鳗。于是，鳗鱼最终成为一种鱼，一种跟其他鱼并没有那么不同的生物。

6 偷渔

我们有时候会去偷渔。最主要是因为方便。窄路虽然可能是正确的路，但有时宽路走起来要容易得多。因为祖父母有田通到溪边，所以我们有在那里钓鱼的许可证，但只能在属于我们的这一边钓，就是农庄的这一边。这边的草比较高，坡很陡、很泥泞，也比较难走。溪的另一边则完全不同，一块平坦的草地一直绵延到水边。在那一边，钓鱼权归城里的钓鱼俱乐部所有。

溪的对岸对我们来说就像海市蜃楼一般。不仅因为它看起来很容易抵达，还因为它象征着某种在我们看来不公平的东西。到了周末，钓鱼俱乐部的会员们站在平坦的草地上，身穿带有很多口袋的绿色运动衫，拿着昂贵的钓鱼竿，戴着滑稽的小帽子，在头顶挥舞他们亮闪闪的、粗粗的钓鱼线，想捕获在溪流的等级系统中地位更高的、十分少见的鲑鱼。

我们从来没有在这条溪里见到过鲑鱼，至少没有见过活的。有一回爸爸发现了一条很大的死掉的鲑鱼。它肚皮朝上漂浮在那里，他把它带回了家。那条鱼很肥，全身肿胀，重量超过 10 公斤。它还非常臭。我们站在那里用手捂着嘴巴和鼻子，对它赞叹了一番，然后把它埋进了土里。

有一年夏天，爸爸弄到了一条旧的小木船。他是在报纸上看到广告后花了 200 克朗[1]买来的，我们在自家草坪上将它打磨、上漆。它被系在急流上方的一棵柳树上。一天傍晚，当我们来到溪边钓鳗鱼的时候，爸爸提议我们不如划船去对岸放钓鱼线。我从来没有这样想过，但突然觉得这完全合情合理。这个时候对岸显然没有人。另外，我们是在同一条小溪里钓鱼，在这边与在那边，完全只有理论上的区别。怎么可能有人将流水这么不稳定的东西据为己有呢？

"但如果火车来了，我们就得躲起来。"爸爸说。在那片平坦的草地上方有一条铁路经过，它在几百米外的地方拐了道弯，然后跟这条小溪并排而行。在弯道处，整片草地都一览无余，甚至可以看到小溪的尽头。今晚这列火车上可能正好坐着钓鱼俱乐部的某个会员，他会看到我们在偷渔并且鸣响警报，我们就会被人发现，被当成粗鄙的罪犯。

我们划到对岸，把船系好，我既害怕又兴奋，我们带上自己的东西沿着小溪走，发现那边确实要方便得多。对岸并不是海市蜃楼，它是真实存在的。在那里我们不需要在高高的潮湿的草丛

---

1. 现 1 瑞典克朗约合 0.76 元人民币。

中穿行，不需要在泥泞的陡坡上一步一滑。我对自己说，在那边钓鱼实际上是我们道德上应尽的义务。

我们将钓鱼线投进水里，动作比平时要快一些，眼睛紧张地朝上面的铁路看，始终听着列车从远处靠近时传来的最早的响动。列车在弯道处疾驰而过，速度比我预想中要快得多。我们关掉手电筒，扑进草丛里。我紧紧贴着地面，尽力让自己被草丛盖住，把脸埋进手里，屏住呼吸。列车呼啸而过，整片草地都被照亮，仿佛一道闪电让时间静止了。我想象自己真的隐身了，爸爸趴在我身旁，跟我一样，双手捂着脸，屏住呼吸。

这时我想到，他其实是在笑。他根本不担心我们会被发现——为什么会有人在乎这个？他们怎么可能知道我们是谁？他只是在演戏。他策划了整出戏，好让这一切更刺激一些。也许他是怕我会觉得无聊？

我不知道他为什么会害怕这个——我再没有什么其他更喜欢做的事情了，不过也是直到很久以后的此刻，我才开始好奇，爸爸在他的孩提时代是不是真的钓过鳗鱼。我一直以为是这样的。我一直以为他和我在一同延续一件远在我俩出生之前就已经开始的事情。他为我做这件别人为他做过的事，我们在溪边的那些夜晚，构成了一种跨越时间、跨越代际的延续。就像一种仪式一样。

但是他至少没有跟他的父亲（那个被他称为父亲的人）一起钓过鱼。我的祖父（那个被我称为祖父的人）从不钓鱼。他不会

去做那些不能立刻派上用场的事情。他上班、休息，吃饭的时候吃得又快又安静。他是一个禁酒主义者，讨厌醉醺醺的。据我所知，他一辈子从来没有休过一天假，从没出门旅行过，从没去过国外。把自己的时间和精力浪费在一件像钓鳗鱼这样看似无用的事情上不是他的风格。这跟有没有耐心没有关系，这更关乎责任。那条窄路在不同的人眼里是不一样的。

也许爸爸是一个人钓鱼的，或者是跟别的什么人，不过对此我就不得而知了。我记得爸爸说过这条溪里以前有多么多的鱼，溪底是如何挤满了鳗鱼，春天当鲑鱼游上来的时候，水面是如何被染成银色。但这并不是他亲身经历的，这是他听来的故事，发生在他出生之前。他自己那些捕获鳗鱼或让鳗鱼逃走的故事我都知道，因为我也参与了。他的故事也是我的故事。就好像在我们之前，并不存在什么故事。

是这样吗？这一切都始于我俩？这样的话，这件事跟那个他口中的父亲、我口中的祖父有关系吗？我们在溪边的那些傍晚，是对我爸爸所失去的某种东西的补偿吗？是在尝试实现他对父子和乐相处的期许吗？是一种开拓自己的人生窄路的方式吗？

7 发现鳗鱼繁殖地的丹麦人

我们要准备多长时间才能了解一条鳗鱼，或者一个人？ 1904
年，时年27岁的约翰内斯·施密特（Johannes Schmidt）登上
"托尔"号蒸汽船，出发去寻找鳗鱼的起源地。将近20年后，他
才到达自己的目的地。又过了几年后，英国海洋生物学家沃尔
特·加斯唐（Walter Garstang）写了一首诗向施密特致敬，这首
诗后来被收入可能是唯一一部描写各种动物幼年阶段的诗集，即
《幼虫的形态，以及其他动物学诗歌》。

> 无限的荣光给予这个丹麦人，
>
> 他解开了这个古老谜团，
>
> 他，一步一步，一年一年
>
> 揭示了历史：
>
> 约翰内斯·施密特是领导者，
>
> 身后有"爸爸"彼得森坐镇，

他让"托尔"号和"达纳"号成了荣誉之船

为全人类造福。

　　自西格蒙得·弗洛伊德在的里雅斯特寻找鳗鱼的睾丸而不得之后，在围绕鳗鱼的生命和存在这个问题进行执着追问的过程中，发生了很多事。丹麦海洋生物学家约翰内斯·彼得森（C. G. Johannes Petersen）于 19 世纪 90 年代成功研究了鳗鱼的最后一次蜕变，提出所有的鳗鱼都是在海里繁殖的。亚里士多德就已经很明确地记录过，成熟的鳗鱼有时候会游到海里去；弗朗切斯科·雷迪在 17 世纪写过玻璃鳗春天会出现在海边，要溯流而上游进河里。不过彼得森更为精确地描述了这是怎么一回事。他最主要的贡献是观察并描述了黄鳗是如何变成银鳗的。此前很多人甚至不确定黄鳗和银鳗是否属于同一物种。彼得森展示了它们毫无疑问是同一种鱼的两种不同形态。他看到银鳗的消化器官发生了萎缩，它们不再吃东西，生殖器官发育，鳍和眼睛发生改变。这种变化显然是鳗鱼为了进行繁殖而做的准备。

　　1896 年，两位意大利科学家——乔瓦尼·巴蒂斯塔·格拉西（Giovanni Battista Grassi）和他的学生萨尔瓦托雷·卡兰德鲁乔（Salvatore Calandruccio）成功描述了鳗鱼最初的蜕变。他们对在地中海捕获的玻璃鳗的各种幼鱼进行了解剖学比对，发现有一种学名叫短头鳗（*Leptocephalus brevirostris*）的柳叶状生物肯定就是欧洲鳗鱼最初的形态。此前人们认为这种幼鱼完全是一个独立的动物物种。现在人们明白了，它们其实是鳗鱼。还不止这个，格拉西和卡兰德鲁乔还是最早见证了鳗鱼蜕变过程的人——他们在西西里岛墨西拿的水族箱里养的一小条柳叶鳗奇迹般地变成了一条玻璃鳗。

这是一个轰动性的发现。"当我想到这个谜团如何吸引了自亚里士多德时代以来的科学家们时，我便意识到将我所做的工作简要地陈述给伦敦皇家学会，也许并非没有价值。"格拉西在一份报告中这样写道。这份报告后来被发表在当时最具声望（现在也是一样）的科学出版物之一的《伦敦皇家学会会刊》上。在报告中格拉西还记录道，正是这种幼鱼——现在人们知道它是鳗鱼最初的形态——有着相对于它们的身体来说很大的眼睛，很可能是在广阔的深海里孵化出来的。他认为，很可能是在地中海里。

20世纪初，人们知道黄鳗会变成性成熟的银鳗，秋天它们会游到海里去，不会再回来。人们知道欧洲鳗鱼的幼鱼会变成美味的小玻璃鳗，春天的时候它们会出现在欧洲的海岸边，沿着河流往上游游，去寻找自己的住所，并且变成完全成熟的黄鳗。可是在这两者中间发生了什么？又是在哪里发生的呢？

1901年德国动物学家卡尔·艾根曼（Carl H. Eigenmann）在科罗拉多州丹佛市的美国显微镜学会发表演讲，题目是《鳗鱼问题的解决方法》。这当然不是字面上的意思。他仍然无法声称找到了鳗鱼问题的解决方法，相反，他引用了一则自然科学趣闻，说"现在所有重要的问题都得到了回答，除了鳗鱼问题"。不过，艾根曼解释道，这个问题本身已经发生了改变。此前鳗鱼问题讨论的是鳗鱼到底是什么，是鱼还是别的完全不同的生物。现在它还涉及鳗鱼的繁殖问题——如何找到它们的生殖器官，鳗鱼是不是胎生的，它们是不是雌雄同体的，以及它们多次蜕变的意义是什么。

而现在——在这个新世纪的起点上——鳗鱼问题讨论的是：成年鳗鱼在游到海里之后做了什么，它们是在什么时候、什么地点进行繁殖的，它们在哪里死去。

那么银鳗们游去了哪里？还有那些神秘的柳叶鳗是从哪里来的？最初的起点在哪里？这些正是 27 岁的约翰内斯·施密特在 1904 年出海时想弄明白的事情。

约翰内斯·施密特是丹麦海洋生物学家。他幼年生活在北西兰岛耶厄斯普里斯宫旁的一栋红棕色的小砖房里。他的父亲是宫殿的看门人，起初他在那里过着一种很安全、很有保障的生活。该地位于哥本哈根西北 50 多公里处，被森林和大自然包围着。那里远离大城市生活和科学界，离马尾藻海就更远了。

然而，在约翰内斯·施密特只有 7 岁的时候，他父亲去世了。他、他的母亲和两个弟弟突然间不得不搬去哥本哈根，住到了这座城市最活跃的大街韦斯特布罗街[1]上，周围是形形色色的人。这对他来说是一场动荡，不仅是在情感意义上说，也是在更实际的意义上说。距离他韦斯特布罗街的家只有 200 米的地方坐落着嘉士伯啤酒厂，更近的地方住着约翰内斯·施密特的舅舅约翰·凯尔达尔（Johan Kjeldahl），他是嘉士伯研究实验室的化学家。正是在那里，约翰内斯·施密特慢慢地成长为一名科学家。

就在 7 岁的约翰内斯·施密特跟家人搬去哥本哈根的同一年，世界著名化学家路易斯·巴斯德（Louis Pasteur）访问了这座城市。巴斯德开发了一种保护食物免受细菌和微生物污染的方法，这种方法以他的名字命名，叫作"巴氏杀菌法"，它对啤酒厂来说尤为重要。巴斯特来到哥本哈根的时候，他受邀去参观了嘉士伯厂，该厂的老板——自豪的 J. C. 雅各布森（J. C. Jacobsen）——见到这位大科学家后非常激动，决定在厂内投资建设一个先进的研究实验室。除了日常的啤酒酿造，人们还可以从事现代的和先进的研究工作，不光可以进行啤酒生产和食品储存方法的研究，还可以进行生物学和其他自然科学的开创性基础研究。这样做能带来好的声望，当然也有商业上的考量。它使得嘉士伯从一家小型家庭啤酒厂逐步发展成世界最大的啤酒企业之一。与此同时，这家企业的科研部门也在用一种迂回而间接的方

---

1. 意为"西桥街"，丹麦首都哥本哈根的著名街道。

式，为人类对鳗鱼进一步的了解做着贡献。

应该是在哥本哈根，在上学的头几年里，约翰内斯·施密特就开始跟着他的舅舅约翰·凯尔达尔——有一阵子他也住在舅舅家里——在嘉士伯厂的研究实验室投入越来越多的时间。正是在实验室里，他学会了研究工作的基本方法。也是在那里，他对科学的热情——那种观察、描述和探究的迫切需求——被唤起了。后来当他终于开启自己成功的学术生涯、去全世界开展研究时，也得到了来自嘉士伯的经济支持。

1898 年，约翰内斯·施密特得到了植物学学位，获得了去当时的暹罗（今泰国）学习植物学的奖学金。1903 年他凭借一篇关于红树林的论文取得博士学位，随后转而开始对海洋生物产生了兴趣。

1903 年 9 月 17 日，他和英厄堡·范·德·阿·屈勒（Ingeborg van der Aa Kühle）结了婚。他自 7 岁来到哥本哈根就认识她了，她是 1887 年接任雅各布森成为嘉士伯老板的索伦·安东·范·德·阿·屈勒（Søren Anton van der Aa Kühle）的女儿。婚礼在嘉士伯自己的教堂——哥本哈根耶稣教堂——举行。1904 年春，这对夫妇在奥斯特布罗街 [1] 上购买了自己的公寓。他们还没来得及把家具搬进去，约翰内斯·施密特就出海去寻找鳗鱼的起源地了。

---

1. 意为"东桥街"。

"常见的淡水鳗鱼在哪些地方繁殖，这是一个非常古老的问题。"后来约翰内斯·施密特在给伦敦皇家学会的一份报告中这样写道，"自亚里士多德以来，自然科学家们在这上面花了很多精力，在欧洲很多地方，这个问题引发了极为丰富的想象。"

他写的是"哪些地方"，用的是复数形式，因为你怎么知道只有一个地方呢？他被这个令人兴奋的谜团吸引住了。几个世纪以来，它困扰了那么多自然科学家，显然也让他深陷其中。

"我们知道，年老的鳗鱼从我们视线里消失后进了大海，而大海回馈给我们无数的玻璃鳗。可是那些年老的鳗鱼游去哪里了？这些玻璃鳗又是从哪里冒出来的？鳗鱼在玻璃鳗之前更年幼的阶段是什么？正是这些问题构成了'鳗鱼问题'。"

更具体地说，约翰内斯·施密特关注的是鳗鱼问题中的一个细节。他的意大利前辈格拉西和卡兰德鲁乔曾提出，鳗鱼，至少是意大利的鳗鱼，是在地中海里繁殖的，因为人们只在那里捕获过欧洲鳗鱼的幼鱼。不过人们从地中海里钓起来的所有鳗鱼都是同样大小的，有 7.5 到 10 厘米长，显然不是刚孵化出来的。为什么从来没有抓到过更小的鳗鱼呢？

早在 1904 年 5 月，在还没有受到正式委任之前——应该是个偶然，约翰内斯·施密特在法罗群岛以西一点的海域捕获了一条欧洲鳗鱼的幼鱼。这条鱼也比较大，身长约 7.5 厘米，但这几乎是第一次有人在地中海以外的海域见到鳗鱼的幼鱼。施密特明白了，格拉西和卡兰德鲁乔在鳗鱼繁殖地的问题上可能错了。他还明白了，要找到谜底，他必须对鳗鱼的生命历程进行回溯，寻找小而又小的幼鱼，直到在大海的某个地方找到第一条新孵出来的柳叶鳗，从而找到鳗鱼的出生地。他需要在大海里捞针。

"在这一刻，我对于这项任务所意味着的困难，并不是特别了解，既包括获取最基本的观测信息上的困难，也包括信息解读上的困难。"施密特后来这样写道。可以这么说，这是一种正式且谨慎的说法。

1904 年到 1911 年间，约翰内斯·施密特乘着"托尔"号蒸汽船，拖着渔网，沿着欧洲海岸线耐心地巡游。在北边的冰岛和法罗群岛附近，在挪威和丹麦沿岸的北海，沿着大西洋海岸线一路往南经过摩洛哥到加那利群岛，再到地中海，然后一直到达埃及沿岸。他找到了大量欧洲鳗鱼的幼鱼，但所有幼鱼基本上都是相同的大小，身长在 6 到 9 厘米之间，跟他抓到的第一条幼鱼基本上一样大。

在 7 年多的寻找之后，他几乎仍然在原点。一种沮丧感让他十分痛苦。

"这项任务一年年地变得更大，到了一个我们之前从没想到过的体量，"他写道，"而且因为我们缺乏合适的船和装备，并且缺乏经济来源，这项工作一直受阻。如果没有来自各方的私人赞助，我们可能在很久以前就放弃了。"

　　但不管怎样，他还是得出了一个结论。因为他在欧洲海岸找到的所有幼鱼都比较大，不是新孵出来的，因此他知道，鳗鱼应该不是在海岸线附近进行繁殖的。现在搜寻工作必须继续向更远的开放海域推进。这样的话，"托尔"号拖网船就不再合适了。约翰内斯·施密特成功说服航行在大西洋上的丹麦的航运公司帮忙。他给那些船只装配了渔网并给了他们指示，在1911年到1914年间，有23艘大型货轮参与搜寻了那些小小的透明鳗鱼幼鱼。那些船员没有经过科学研究的训练，除了施密特提供的拖网，也没有其他装备。不过他们按照指示在船后拖着那些渔网，标记出他们把网拉起来的位置，并把捕获的鱼寄到丹麦的实验室。那些货轮实施了500多次拖网作业，穿越了北大西洋的大部分海域。

　　施密特本人于1913年夏天乘坐"玛格丽特"号纵帆船出海了，那艘船是他从一家丹麦航运公司借来的。他一路搜寻，从法罗群岛到亚速尔群岛，然后向西去往纽芬兰群岛，接着往南去往加勒比群岛。

　　加倍的努力有了结果。很快约翰内斯·施密特发现，他越往西，鳗鱼幼鱼的数量就越多，体形也越小。他钓起了一条条只有3.3厘米长的幼鱼，这是一个新纪录，地点大概是在大西洋中部，美国佛罗里达州与西非之间。他继续往西，最终发现了一个不到1.8厘米长的样本。

　　施密特将所有这些小小的脆弱的欧洲鳗鱼的幼鱼收集起

来——有的是他自己远航捕获的，有的是他的助手们捕获的——放在显微镜下研究，对它们进行测量并记录：身长、数量、捕获时所在的海域深度、日期、经度和纬度。他缓慢而坚定地汇集了一个巨大的信息库，以一种几乎察觉不到的缓慢速度向着谜底前进。比如他发现，这些小小的柳叶鳗穿越大西洋的活动，似乎与强大的海流有关。此外——几乎出于偶然——他还发现了另一件事情。

之前人们就知道，那些在美洲大陆顺着河流而上的鳗鱼，与欧洲鳗鱼属于不同的种。这两种鳗鱼看起来大体相同，同样会经历蜕变，但它们仍然是鳗鲡属家族的两个不同的种。它们唯一的不同之处在于，欧洲鳗鱼要比美洲鳗鱼（*Anguilla rostrata*）多出一节椎骨。

约翰内斯·施密特的任务当然是寻找欧洲鳗鱼的出生地，但他发现他在大西洋上越往西行进，就有越来越多被钓上来的幼鱼是美洲鳗鱼。这引起了一些麻烦。除了测量这些幼鱼的身长并估算其数量以外，现在他还不得不确定它们的种类。在大海上，在摇晃的船上，他不得不把每一条透明的小柳叶鳗放到显微镜下，试着去数它们背部的肌肉纤维，其数量所对应的是成年鳗鱼脊柱上的椎骨数量。用这样的方式，他可以确定这条幼鱼属于哪个种类，并构建出一个图表，展示这两种鳗鱼在什么地方最为常见。他的发现是，在大西洋西部，两种鳗鱼完全是混杂在一起的。欧洲鳗鱼和美洲鳗鱼的幼鱼在一起游来游去，在海流中显得那么无力。它们在同一张网中被捕获。这很可能意味着，欧洲鳗鱼和美洲鳗鱼不仅外观很像，还是在同一个地方进行繁殖的。

如果这是真的，如果这意味着假如施密特找到了欧洲鳗鱼的出生地，他也就自动找到了美洲鳗鱼的出生地，那么就剩下一个谜了：它们是如何区分彼此的？这些漂过大西洋的轻盈透明的柳叶鳗是如何知道自己要去哪里的？施密特认为，事情显然是这样的：这两种鳗鱼幼鱼都被北大西洋暖流挟带着，但在旅途中的某个地方分道扬镳，美洲鳗鱼突然向西游去，变成了玻璃鳗，游进美洲的河流；而欧洲鳗鱼则继续往东游。约翰内斯·施密特写道："西大西洋中这些数量巨大的幼鱼，是怎样区分彼此的，以至于那些属于欧洲鳗鱼的个体最后来到了欧洲，而那些属于美洲鳗鱼的个体来到了美洲和西印度群岛沿岸？"

他得出的结论是，这两种不同的幼鱼，无论用肉眼来看多么相似，它们在出生那一刻就已经被编入了不同的程序，有了不同的目标。美洲鳗鱼长得更快一些，所以它们跟其欧洲表亲不一样，在经过美洲海岸时，就有力气离开强大的海流，而不是继续被带往欧洲。1岁以后，美洲鳗鱼的幼鱼就经历了第一次蜕变，变成了玻璃鳗；而欧洲鳗鱼的幼鱼将继续随海流行进长达两年的时间，直到3岁后才变成玻璃鳗。

正是这一点让鳗鱼变得独一无二，约翰内斯·施密特写道。它的独特之处不在于其蜕变，不在于成年的银鳗会游进海里穿越整个大洋去繁殖后代。"让我们的鳗鱼有别于所有其他鱼类乃至所有其他动物的，是它们早在幼年阶段所做的如此浩荡的旅行。"

　　1914 年春天，目标对约翰内斯·施密特来说终于触手可及了。鳗鱼的出生地越来越近了，所有的观测都指向一个方向，现在需要的，只是继续远航。自然科学的态度——以实验为依据的系统性观测，在经历了 10 年的寻找（有时候是令人绝望的寻找）之后，终于被证明是正确的了。真相很快就会在显微镜下展现。1914 年 5 月，他发现了两条只有 0.84 厘米长的鳗鱼幼鱼。

　　就在这时，世俗的事务插了进来。先是"玛格丽特"号纵帆船在加勒比海的圣托马斯岛海岸搁浅后沉没。收集起来的鳗鱼幼鱼获得解救，但是，施密特写道："我们到了这里，到了圣托马斯岛，没有了船，我们唯一能做的是在货轮上继续推进工作。"

　　接着，1914 年 7 月，第一次世界大战爆发了。突然间，大西洋不仅是鳗鱼进行繁殖的神秘地点，也成了一个战争地区。潜水艇监控着大海，将目标瞄准了所有航行的物体。参与施密特研究的货轮中有好几艘都沉没了。在大洋上四处航行寻找小小的透明的柳叶鳗，不再只是一个令人绝望的想法，还是有生命危险的事情。

　　在漫长的 5 年时间里，约翰内斯·施密特不得不坐在自己的屋子里等待世界大国间无谓的争斗结束，然后他才可以重新开始自己重要得多的工作。在这段时间里，他处理此前收集起来的信息，给样本拍照、编目，绘制图表。他心里急不可耐，因为他知道自己需要做什么，"只待战争一结束"就可以开始。

1920 年，随着欧洲大部分地区变成了废墟，约翰内斯·施密特重新出海了。在被迫中断的这段时间里，他做好了准备，此时他的装备比之前好得多。他通过哥本哈根的东亚公司得到了"达纳"号四桅纵帆船，给它配备了所有必要的科学装备。而最重要的是，他现在知道该去哪里搜寻。

在 1920 年和 1921 年，"达纳"号在大西洋西部捕获了 6000 多条欧洲鳗鱼的幼鱼，施密特能够对这些极小的样本所处的位置进行系统的描述。"这些样本非常小，"约翰内斯·施密特写道，"小到我们对繁殖地不存在任何怀疑。"

寻找某样事物起源的人，也是在寻找自己的起源。我们可以这样说吗？对约翰内斯·施密特来说也是这样吗？7 岁以后，对于自己的父亲到底是谁，他只有日益模糊的记忆。孩提时代他钓过鳗鱼吗？他的手里握过鳗鱼，试着凝视过它的眼睛吗？1901 年，在他第一次出海的几年前，他的舅舅约翰·凯尔达尔，那个时常扮演"代理父亲"角色的人，溺水身亡。1906 年，当他仍在沿着欧洲海岸四处航行的时候，他的母亲去世了。这位往西进入开放海域、去往未知之地的约翰内斯·施密特，成了一个所有起源根脉都被切断的年轻人。

然而，我们无法确切地知道这对他到底意味着什么。在他的生平，或者说在他被保留下来的生平中，能解释他为什么要把自己的生命献给研究鳗鱼起源的资料很少。他当然是一个彻头彻尾的科学家。他被描述成一个非常有效率的人：他观察、记录，并试着去理解；只是他似乎极少去回答"为什么"这样的问题。他对世界以及对自己在这个世界上的位置都有一种客观的态度。在书信和报告中，他用词简练正规。在照片上，他看起来温暖友善，通常都穿着三件套西服，打着领结。据说他喜爱动物，尤其喜欢狗。然而，驱使他行动的动力却是一个深藏的秘密。他来自一个生活很有保障的中产阶级家庭，从早年开始就在科学界如鱼得水。跟英厄堡结婚后，他也成为哥本哈根上层资产阶级的一员。他本可以选择一种更简单舒适的生活。按照我们通常用来衡量成功人生的因素——财富、幸福、地位——来看，显然出海让他失去的比得到的要多。尽管如此，对于在浩瀚的大西洋上漂荡近 20 年以寻找那透明的小柳叶鳗这件事，他似乎从来没有质疑过它的意义。

简言之，约翰内斯·施密特被鳗鱼问题迷住了，被欧洲鳗鱼在哪里繁殖、如何出生、如何死亡这个大谜团迷住了。"在我看来，"他写道，"鳗鱼的生命历程，以其独特性，是动物界任何其他物种都无法超越的。"

也许有那样一类人：当他们决定要寻找某件勾起他们好奇心的事情的答案时，会不断前进，永不放弃，直至最终找到。无论这会花费多长时间，无论他们有多么孤单，无论这一路上会有多么绝望。就好像是伊阿宋[1]乘坐着"阿耳戈"号去寻觅金羊毛。

抑或是鳗鱼问题激发了探究者身上的另一种毅力？我本人对鳗鱼了解得越多，对历史上人们为此付出的代价了解得越多，就越倾向于相信这一点。首先我愿意相信，人们被神秘的事物吸引是因为其中包含我们熟悉的东西。尽管鳗鱼的起源及其漫长的迁徙之旅非常奇特，但我们也可能产生共鸣，甚至觉得似曾相识：为了寻找家园，在海洋上进行漫长的漂流，回程时还更加漫长艰辛——为了找到自己的家，我们愿意做的一切。

马尾藻海是世界的尽头，但也是万物的起点。这是一个伟大的启示。就连我和爸爸曾经在8月的夜晚从小溪中钓起来的淡黄色鳗鱼，也全是柳叶鳗；它们从一个遥远得超乎我想象的童话般的陌生世界出发，漂流了六七千公里来到我们面前。当我手握着它们、试图凝视它们的眼睛的时候，我接近的是一个超越了已知世界边界的东西。我们就这样遭遇了鳗鱼问题。鳗鱼的神秘性变成了所有人心底疑问的回响：我是谁？我从哪里来？我要去哪里？

对约翰内斯·施密特来说，是否也是这样？

1.古希腊神话中的英雄。

也许吧，不过这一切对他来说也可能完全无足轻重。他只是接受了一项任务，决定要完成它。他有自己明确的问题——鳗鱼是在哪里出生的；他有自己的处理方式，可以说，他的方式自能推动他迈向目标。他捕捞透明的小柳叶鳗，每次捕到一个样本后，目标就变成了捕到一条更小的鳗鱼。他面前的目标每一次变化 1 毫米，就是这么简单。

至于鳗鱼，当他穿越大西洋的时候，它们就一直在他脚下，一如既往。那些小小的柳叶鳗随着海流朝着一个方向移动，而那些肥硕的成年银鳗则固执地沿着反方向朝马尾藻海游去。它们年复一年地离去或者回家，继续着它们神秘的迁徙。无论是世界大战还是人类的好奇心，都不会影响到它们。如同远在约翰内斯·施密特出海之前，远在亚里士多德第一次看见鳗鱼并试图了解它们之前，远在最早的人类踏上地球之前，它们就已经在那里了。鳗鱼才不在乎什么鳗鱼问题，它们为什么要在乎这个？对它们来说，这根本就不是一个问题。

在约翰内斯·施密特 1923 年发表于《伦敦皇家学院哲学学报》的一份详尽的报告中，他介绍了这项持续了将近 20 年的工作。在一份地图上，他画出了自己比较确信是鳗鱼进行繁殖和产卵的区域。这个椭圆形的区域跟我们所称的马尾藻海的范围基本上是一致的。

"在秋天的几个月里，"作为某种总结，他这样写道，"银鳗离开湖泊和河流，游向大海。离开淡水之后，鳗鱼们基本上也离开了我们能观测的范围。在人类无法企及的地方，来自我们这块大陆最遥远角落的大量鳗鱼，如同它们无数祖辈所做的那样，选择朝西南方向穿过大洋。我们无法说出这趟旅程要持续多久，但我们知道它们寻找的目的地在哪里：西大西洋中的一个特殊区域，位于加勒比海的东北边和北边。这里有鳗鱼的繁殖地。"

这就是为什么今天我们能够知道——至少可以基本确认——鳗鱼是在哪里进行繁殖的。这方面的所有知识都有赖于约翰内斯·施密特的工作。我们所不知道的是其中的原因。为什么偏偏是在那里？这场漫长而绝望的旅行以及所有那些艰辛和蜕变的意义是什么？鳗鱼在马尾藻海里发现了什么？

约翰内斯·施密特也许已经做了回答，他认为这不重要。存在是最重要的。世界是一个荒谬的地方，充满了矛盾和存在的困惑。但只有拥有目标的人才可能找到意义。我们必须想象，鳗鱼是幸运的。

就好比约翰内斯·施密特。1930年他被伦敦皇家学会授予声望很高的达尔文奖章。至此他的任务就完成了，他的故事结束了。3年后，他死于流感。

8 逆流游泳

我们钓鳗鱼主要是在7月和8月，从来没有早于仲夏节[1]。"在仲夏节之前钓鱼是没有意义的，"爸爸说，"天太亮了，鳗鱼不会上钩。必须暗一点。"

他经常会说起"鳗鱼之夜"，在夜色最为昏暗的时刻，此时的鳗鱼最为大胆，出于冒险欲望或者鲁莽，成为人类的盘中之物。

但是显然他弄错了。抑或他只是选择相信自己的真理，因为这会让生活变得简单一些。

确实有所谓的"鳗鱼之夜"，它发生于夏末，会持续几个月。这时银鳗开始了向马尾藻海的迁徙，所以会在海岸线附近落入鳗鱼捕钓者的陷阱之中。我们的"鳗鱼之夜"则是另外一回事。它发生于爸爸拥有假期的时候，他不需要损失太多东西，就能在溪

1.大约在夏至前后，是瑞典除圣诞节外最重要的节日。

边度过那些夜晚，而不是早早地上床睡觉。

　　他工作了一辈子。在我出生之前及之后，他都是铺路工人。他每天早晨六点前起床，喝咖啡吃三明治，七点之前已经开始工作。他属于一个工作队，一个相对自由、没有上锁链的做苦工的"囚徒队"。他们开着机器四处铺设沥青，建造新路或者修补旧路。这是一项艰苦的工作，赤日炎炎下，满是粉尘。有的人驾驶大型机械，把沥青撒到已经准备好的路面上。有的人则跟在后面，在焦油和煤烟形成的粉尘中挥动铁锹和耙子。他们拿的是计件工资，往前迈的每一步、举起的每一下铁锹，就等于赚得的每一克朗工资。他们从早上七点一直工作到午餐时间，在工棚里喝咖啡吃三明治，午餐后工作到下午四点——除非要做的事情太多，他们不得不加班。

　　他通常四点半回到家里，脱去肮脏的工作服，直接躺到床上。他的身体很热，浑身是汗，整个人都累瘫了。我们可以进入他的房间，但他不会多说什么。"我得休息一下。"有时候他会小睡一会儿，但半小时后他会起来吃晚饭和做其他要做的事。

　　工作不只是一份生计，工作是他不可分割的一部分。工作消耗了他，但也让他变得更坚韧。它塑造了他，并赋予了他颜色。他是一个相当魁梧的男人，并不是很高，但上身很宽，肌肉发达。他坚韧强壮，胳膊结实有力，我用两只手都围不住。夏天他光着膀子工作，上身被晒得很黑，皮肤就像深色的铁锈一样。小臂上褪色的文身——一个简单的锚——逐渐看不见了。（他弄这个文身的时候还没有成年，当时他喝得醉醺醺的，在哥本哈根的新港迷路了。至于他为什么会选择锚的图案，大概连他自己也不知道，他从来没有出过海。）他的手又大又粗笨，皮肤粗糙。他缺了一根小拇指，它之前断了好几次，导致僵成了一个弯曲的怪相，就像一只发育过度的爪子。他请医生把它截去，医生照做了。

他干了几十年体力工作，这在他的外表上留下了痕迹。他每天搬运、铲送和夯平新出炉的炙热的沥青，它们似乎渗入了他的皮肤。他身上有着浓烈的焦油味道，即便在他洗完澡换上干净的衣服之后也是一样。这是一种气味符号，一种阶层的标记。

我们坐车的时候，他会指着一条沥青马路说"这是我铺的"。他喜爱自己的工作，如果有人非要问他，他甚至会承认自己干得很好。他的职业自豪感是自然而普遍的，这源于他知道自己擅长做一件并非很多人都拿手的事，源于他知道自己做的事情拥有某种持久性，对其他人来说是有价值的。

不过他最重要的身份并不是铺路工人。这个职业名称只是一个词组。如果让他介绍自己，他会称自己为"工人"，他认为，他的存在中最核心的东西都包含在这个词里。这似乎也不是他自己选择的。他自出生就是工人，这个身份是他继承来的。他成为工人，是因为某种比他强大的东西为他做了选择。他生命的进程被预先确定了。

如果这是他继承的遗产，那么我继承了什么呢？也许，这里存在着代际间微小得几乎察觉不到的改变？是一种永远不会宣之于口，但终究存在的鼓励：不，不是所有的大门都向你敞开，而且时间比你以为的要少，但无论如何，你永远有尝试的自由。

暑假的时候，白天我们可能会趁天还亮着早早地去溪边。这时候没有蝙蝠，只有燕子俯冲并掠过水面，远看时它们几乎是一样的，但实际上它们飞行的弧线各不相同。水面反射着阳光，高高的草丛干涩地在微风中摇曳。

一天傍晚，我们站在急流下方不远处的一棵柳树旁边。

"你能从这里横渡过去吗？"爸爸问。

"当然能。"

"如果你能笔直地游到对岸，就可以得到 10 克朗。"

"好。"

"但必须是笔直地游过去，横穿这段急流。不能游偏。如果你能直直地游过这条溪，没有在急流中游偏，你就能得到 10 克朗。"

我脱掉衣服，踏进水中。水又冷又脏，我犹豫了几秒钟。

"那儿，"父亲指着说，"笔直地游过去，从这棵树游到对岸的石头那儿。"

我浸到水里，游了起来。头一两米游得还行。我把头抬得高高的，控制方向，径直游向那块石头。似乎并不是特别难做到。可当我来到溪中央时，那里的水流冲击力最大，它就像一只手抹去桌子上的碎屑一样一把将我推开。我被带走了好几米，头被水面淹没，呛了好几口水，然后才转过来面向来水的方向，有那么几秒钟，我停在水里一动不动，就像一艘抛了锚的船，可实际上我却在疯狂地逆流游着。突然，我感觉水流仿佛把我举了起来，将我推向前，几乎把我摔到了对岸的地面上。我双腿颤抖着爬上岸，位置在那块石头下游 4 到 5 米的地方。

爸爸在对岸指着我笑了起来。

"你还有一次机会，你必须游回来。"

"你就不能用船来接我吗？"我大喊道。

"不，不，来吧，笔直地游过来。"

我走向石头，抖了抖身子，使肌肉不那么酸痛，再次踏进水里。这一回我直接面对溪流的方向扑出去，借着冲力，我成功地迎着溪流斜着游了几米。有那么几秒钟，我还处在对岸那棵柳树上游的位置，这时溪流似乎明白过来正在发生什么事情，用一个粗鲁的拥抱将我沿水流的方向往下拖。我成功地游向溪岸，抓住一根树枝，借力上了岸，在那棵柳树下游方向足有 1 米的地方。

"很近了，出乎我的意料。"爸爸说着，转身去取我们的渔具。

我站在原地，让最后的几缕阳光把身体晒干。他回来时我穿好衣服，我们沿着小溪一言不发地走着，走到一条细长的地峡上，站在那里钓了一会儿别的鱼，等待放钓鱼线的时间到来。我钓到了一条河鲈，它把钩子吞得太深了，以至于我们不得不折断它的脖子。爸爸说我们可以试试用这个来当诱饵。当太阳沉到地平线下时，一只蝙蝠在我们头顶敏捷而安静地飞过。

"时候到了。"爸爸说。至于那 10 克朗，我自然没有得到。

9 捕钓鳗鱼的人

沿着斯科讷东海岸的哈诺湾，绵延着一片奇特的海滩。它有40多公里长，从南边的斯滕斯角一直延伸到北边的沃胡斯。这个地方被称为鳗鱼海岸。

这里风景十分优美，但不是那种田园牧歌式的或者夸张矫饰的美。它是一种自然美，但同时又有些不好接近。这是一个弧度舒缓的圆形海湾，周围环绕着一圈稀疏的饱经风霜的松林。在松林的外面——通常从公路上可以瞥见——铺展着一片近乎白色的狭长沙滩，就好像沿路铺了一块被日光晒褪色的废布条一样。海很浅，水是深蓝色的。

在这片沙滩上，每隔一段固定的距离就会立起一些粗大的木头杆子，七八根组成一组。它们看上去就像没有电线的电话杆，没有什么明显的排列规律。这些杆子是用来挂渔具的——晒鱼或烤鱼的工具。如果看到地平线上立起一组杆子，人们就几乎可以确定，在那里也能找到一栋小房子。通常是一栋很老的砖石建造的房子，带着稻草屋顶，有时候一半埋在沙丘里，门通常是面朝大海的。这些房子被称为"鳗鱼棚屋"。

鳗鱼棚屋最早起源于 18 世纪。在这片 40 公里长的海岸上至少有 100 多栋，直到今天还剩下 50 多栋。其名字来源于在那里住过的渔民，或者发生在那里的传说和神话，诸如兄弟屋、耶帕屋、尼尔屋、汉萨屋、双胞胎屋、国王屋、走私者之屋、尾巴屋、布谷鸟屋、伪证者屋。有些棚屋被废弃了，有些被翻修成了海滨夏季度假别墅，不过有很多仍然发挥着最初修建时的功能。正是在这些房子里，我们可以找到另一类人——和科学家大不一样的人，长期以来他们是距离鳗鱼最近的人。他们就是鳗鱼渔民。

瑞典的鳗鱼海岸如今已经没有多少渔民了，数量还在不断减少，但是他们的存在和活动在很长时间内影响了当地的生活。几个世纪以来，捕钓鳗鱼影响了当地的文化、传统和语言。鳗鱼海岸、捕钓鳗鱼的渔民、鳗鱼棚屋、鳗鱼之夜——这里的人们会在每一个包含"鳗鱼"的单词里额外添加一个谦恭的元音。在这里，人们叫得出几乎每一位老渔夫的名字。在这里，大部分人都参加过鳗鱼宴，那是在夏末或初秋的夜晚举办的一种特殊的宴会，完全是为了鳗鱼而办。在这里，鳗鱼——围绕鳗鱼的传统，也包括关于鳗鱼的知识——成了本地身份的一个不可分割的部分。

至少从中世纪以后就是这样了。鳗鱼海岸的捕钓活动是通过一种叫"鳗鱼捕鱼权"（åldrätter）的特殊权利进行组织的。"捕鱼权"这个词来自动词"拉"（drätt），指的是这里的人们经常使用的一种捕鱼方式。这是一套古代的体系，起源于封建时代或者前民主时代，仅有瑞典的鳗鱼海岸将之保留到了今天。这套体系起源于斯科讷省尚属丹麦的年代，最早的相关书面文献记录出自1511年。里面说道，利明厄胡斯城堡某个叫延斯·霍尔格森·乌尔斯坦德（Jens Holgersen Ulfstand）的人从大主教手里买了两份鳗鱼捕鱼权。鳗鱼捕鱼权非常抢手，最主要是因为鳗鱼数量很多，是一种很受欢迎的食用鱼。1658年斯科讷省归属瑞典之后，瑞典国王接手了当地的鳗鱼捕鱼权，并根据瑞典化的专制政策，将它们分配给教会和贵族，以换取他们的效忠。教会和贵族则可以将他们的权利租赁给渔民和小农户以获利。这样一来，鳗鱼也成了行使权力的一种工具。

鳗鱼宴会是那个时代的遗产。"聚会"（gille）一词源自"债务"（gäld）这个词，指的是获租的渔民要支付鳗鱼捕鱼权的使用费。通常是在捕鱼季节结束的时候，支付的形式是实物，也就是用鳗鱼进行支付。所以鳗鱼也成了一种货币。

一场传统的鳗鱼宴会至少要包含4种不同的鳗鱼佳肴，有很多各地的特色菜。有煎鳗鱼、煮鳗鱼和鳗鱼汤。熏鳗鱼——将鳗鱼清理干净后在盐水里泡上一夜，再用桤木的木柴进行熏烤。煎烤鳗鱼——对鳗鱼稍做腌制后，在一块铁板上用签子穿好，在热烤箱里烤，同时达到烟熏和烤的效果。麦秆鳗鱼——把一条大鳗鱼切成块，放在装满黑麦秆的平底锅里，用热炉子煎。树枝鳗鱼——将较小的鳗鱼用盐腌制后跟桧木枝和刺柏一起放在长方形的锅里煎。船长鳗鱼——将烟熏过的鳗鱼先用黑啤焖，继而用黄油煎。劈鳗鱼——将鳗鱼清洗干净并去骨，塞入莳萝和盐，在炉子上烤。所以，鳗鱼也成了一种独特的饮食文化。

　　鳗鱼海岸总共被分为 140 个捕鱼区。它们大约有 150 米到 300 米宽，向海里延伸出几百米。只有拥有或者租赁了鳗鱼捕鱼权的人才有权在这里捕钓鳗鱼。人们在捕鱼区附近修建了鳗鱼棚屋，那是渔民过夜的地方。都是一些简陋的小房子，带有一个用来储藏的仓库和一间小屋子，里面放着一张桌子、几张床铺。捕鱼季时，渔民们通常整周整周地住在那里，为的是看管存放着捕来的鳗鱼的养鱼槽，或者在风暴来时迅速出海去救他们的工具。在这些棚屋修建之前，渔民们通常会把小木船翻过来放在沙滩上，用稻草铺成一个简单的床，躺在里面睡觉。

　　传统上，捕鱼季仅持续 3 个多月，那段时节，鳗鱼们在游进大海、前往马尾藻海的路上会途经这片海岸，这就是所谓的"鳗鱼之夜"。鳗鱼海岸的渔民们捕的正是这些鳗鱼，它们又肥又大，身体已经非常适应穿越大西洋的漫长旅行。通常渔民们会在 7 月底把渔具放入水中，然后每天黎明去查看，直到 11 月初把渔具撤除。到那时捕鱼季就结束了，鳗鱼之夜就过去了。

　　直到今天，人们几乎还在用传统的方式进行捕钓。捕钓活动总是小规模地进行。无论是从捕鱼地点还是鳗鱼本身的特点来看，都不适宜进行大规模捕鱼。人们主要用鳗鱼网袋进行捕钓，那是一种带有锚形抓钩和浮标的特殊捕鱼网袋，网袋很长，有一个锥形网兜，渔获都聚集在那里。渔船很小，船底是平的，便于在较浅的水里行进，并且能很容易地被拖到沙滩上。无论网兜还是船，传统上都是渔民自己打造的。

事物自然是在变化中的，但变化的其实只是一些细节。以前人们用涂了焦油的橡木造船，如今改用塑料制造。以前人们用桨划水前行，如今用一台外置的发动机。鳗鱼捕鱼权的费用不再用鳗鱼来支付了，儿子也不再能从父亲手里继承捕鱼权。如今女性被允许在鳗鱼棚屋里留宿，也能参加鳗鱼宴了。但除此之外，人们做事的方式跟从前几乎一样。这一方面是因为鳗鱼的特性要求这样的方式，也因为渔民们想要采用这样的方式；另一方面是因为鳗鱼海岸的人们达成了共识，保持传统和经验的鲜活有其独特的价值。就这样，鳗鱼渐渐地在这里也变成了一种文化遗产。

选择捕钓鳗鱼的是什么样的人？为什么偏偏是鳗鱼，它们给了他们什么？简单的回答是能获得一份工作和一份收入，但这应该不是全部。虽然一直以来鳗鱼都是欧洲大部分地区的一种重要的食用鱼，但它们也总是很麻烦。鳗鱼捕钓起来很难，要了解它们也很难。它们非常神秘，对很多人来说有点恶心。这迫使渔民们开发出特殊的捕钓手段和工具。它们独特的习性使得捕钓活动只能保持在小范围内，尽管人们的需求量很大。它们没法像鲑鱼那样被养殖，捕钓来的鳗鱼从来不繁殖后代。长期以来，作为食用鱼和营养来源的鳗鱼对相当多的人来说都非常重要，但它们却并不特别愿意配合人类。而今天，吃鳗鱼的人已经越来越少了，鳗鱼的捕钓量也越来越小，那么人们为什么还要当捕钓鳗鱼的渔民呢？

如果你去问瑞典鳗鱼海岸的人，大概很多人会说，这并非他们能选择的。鳗鱼渔民是天生的，是被代代相传的东西所塑造的。没有什么大学课程或职业学校会教人怎么当鳗鱼渔民。鳗鱼渔民拥有的特殊知识不是来自课堂或实验室。它们是经过许多个世纪传承下来的，就像一个没有被写下来的古老故事。人们是怎样缝制捕鳗网兜的，是怎样扒鳗鱼皮的，是怎样判断海上状况和天气的，是怎样理解鳗鱼在水下的活动的——这些具体而特殊的知识是在实践中被传承的，是一种跨越世代的集体经验。因此捕钓鳗鱼通常也是一种在家庭内部传承的职业，从一代人传到另一代人。没有把捕钓鳗鱼融进血液里的人，是不会成为鳗鱼渔民的。如果人们不能将捕钓鳗鱼看得比其本身重要，将之视为保存文化遗产、传统和知识的方式，他们便不会成为鳗鱼渔民。

欧洲的那些以传统鳗鱼捕钓为最重要产业的地区，很少是大城市或著名城市。鳗鱼的大都会不同于人类的大都会。那是一些不寻常的地方，住着不寻常的人。固执又骄傲的人，正如瑞典鳗

鱼海岸的居民一样，他们通常继承了自己祖先的职业，简陋环境
下沉重的劳作塑造了他们。他们让这个工作变成了一种身份，因
此他们——就像约翰内斯·施密特一样——继续乘着自己的船努
力寻找鳗鱼，即便理智告诉他们不要这样。通常，他们通过鳗鱼
和捕钓活动，培养了一种局外人的眼光，一种对权力和多数人的
怀疑态度。捕钓鳗鱼的人——不仅仅是在瑞典的鳗鱼海岸——是
为自己而存在的。

在西班牙巴斯克自治区的奥里亚河，人们在冬天和早春时节
捕钓玻璃鳗。最终流入比斯开湾的这条河，在多山的巴斯克地区
蜿蜒穿行，是很受玻璃鳗欢迎的一条路径，这些透明的玻璃鳗经
历了两年穿越大西洋的旅行后，溯游而上去寻找淡水作为未来 10
年、20 年或者 30 年的栖息地。其中很多不会游太远。寒冷多雨
的夜里，渔民们乘着小木船来到海岸附近的河口，把那些纤弱的
玻璃鳗从水里捞起来。

一个叫阿吉纳加的小村子坐落在这条河的沿岸，距离海岸几
十公里远。那里只有 600 个居民，却有至少 5 家不同的捕捞和出
售玻璃鳗的公司。在这里，职业知识也是从古代传承下来的。在
有满月或者新月的寒冷的夜里，最好有点多云，玻璃鳗在涨潮之
际游进河里，它们成群结队地漂在水面上，数量巨大，就像一大

片银光闪闪的海带。捕钓鳗鱼的渔民划着船缓缓地四处游荡，船头亮着灯，灯光映照在船底游动的鱼群上。他们用固定在长竿上的圆形网兜把玻璃鳗从水里打捞起来。

玻璃鳗是巴斯克当地的一种美食，如今几乎只有这里的人们才吃玻璃鳗。不过，在鳗鱼这么柔弱透明的阶段就拿它们当食物，这个传统在历史上曾经分布十分广泛。在英国，过去人们在塞文河里捕捞大量的玻璃鳗。人们将活鳗鱼整个煎烤，加一点培根肉或打好的鸡蛋做成一种煎蛋卷，取名叫"小鳗鱼蛋糕"。在意大利，人们在西部的阿尔诺河与东部的科马基奥河里捕捞大量的玻璃鳗。在这些地方，人们喜欢把它们放在番茄酱里煮着吃，上面撒一点帕尔梅桑干酪[1]。在法国，各地的人们也捕捞很多玻璃鳗。不过，这种传统今天已经绝迹了。随着每年游进欧洲河流中的玻璃鳗数量急剧减少，绝大多数地方捕捞玻璃鳗的活动也完全停止了。只有巴斯克地区的人们还在固执地继续这项传统。

对此人们自然有合理的理由。首先是经济上的。人们在这里捕钓玻璃鳗已经有很久的历史了。据说以前游进奥里亚河的玻璃鳗数量极大，农民们从海岸边把它们捕捞上来，用于喂猪。但直到鳗鱼越来越稀少，作为种群越来越有生存之忧后，依据人类独有的扭曲逻辑，玻璃鳗才成为一种越来越被人们追捧的高档美

---

1. 一种意大利硬奶酪，常常磨碎后撒在食物上吃。

食。在巴斯克，人们用最优质的橄榄油来煎玻璃鳗，配上一点大蒜和温和的辣椒。人们把它装在一个小小的瓷杯里，趁热端上餐桌，用一种特殊的木质叉子来吃，以免烫到嘴唇。小小的一份，250 克，高峰时段在圣塞巴斯蒂安[1]一家比较好的餐厅里可以卖到60 到 70 美元。

不过，阿吉纳加和奥里亚河沿岸的鳗鱼渔民还有别的继承传统的理由。他们只是不愿意结束。因为他们认为捕钓鳗鱼是他们的权利。因为他们的祖先一直都是这么做的；因为这种捕钓鳗鱼的方式，不仅是一份带来收入的职业，也是让他们成为自身的原因。那是塑造了他们身份的东西。

在这里，巴斯克分离主义组织（"埃塔"）[2]的势力仍然很强。在这里，人们习惯了自己解决问题。这里的人们被弗朗西斯科·佛朗哥的统治排挤和压迫了 40 年，因此他们对来自马德里和布鲁塞尔官僚机构每一次行使权力的尝试都格外警惕。这里的人们继续带着他们的网兜和船灯前往河里，才不管政客们或科学家们怎么说。直到最后一位渔民死去，或者最后一条鳗鱼死去为止。

---

1. 西班牙城市。
2. 西班牙和法国交界处的巴斯克地区的一个分离主义恐怖组织。

在北爱尔兰的内伊湖，人们捕钓鳗鱼的历史至少有 2000 年，这里的鳗鱼常常被描述成欧洲最美味的。内伊湖在北爱尔兰岛东北部的最北边，位于莫恩山脉西边一片贫瘠的土地上，是不列颠群岛最大的湖泊。那里气候十分恶劣，一年中大部分时间都是凶险的糟糕天气。但这里的人们还是一直以传统的方式捕鱼。因为他们一代代学的就是这个，因为无论是他们所在的地点还是鳗鱼本身的特点，都不允许他们采用其他的方式。

在内伊湖，人们钓的主要是黄鳗，用的工具是长钓鱼线。人们从简陋的小船上放下带钩子的钓鱼线，钩子上挂着蚯蚓作为诱饵。在捕鱼季，每条船上两个渔民会放出 4 条这样的长钓鱼线，每根上面有 400 个钩子。要徒手把蚯蚓挂上 1600 个钩子，并且在黎明时分把它们收回来，那会儿的寒冷和雾气会把手冻得像玻璃棒一样僵硬。

传统上，捕获的鳗鱼主要被运往伦敦。在英国首都，鳗鱼长期以来都是一种很受欢迎的食用鱼，在小商店或者市场的摊位上出售。人们把它煎了配土豆泥吃，或者吃鳗鱼冻——把鳗鱼块放在肉汤里煮，之后凝固成肉冻。鳗鱼被视为一种简单且价廉物美的日常食物，跟伦敦东区[1]的工人阶层有着密切关系。鳗鱼又肥又富有蛋白质，比肉便宜多了。正因如此，它受到穷人们的欢迎，也可以想象，它常常受到富人们的鄙视。

1.传统的工人居住区。

不过，内伊湖鳗鱼来到伦敦不仅跟伦敦人喜爱它们有关，其中还有政治上的原因。16 世纪和 17 世纪不列颠王国在爱尔兰大部分地区进行殖民统治的时候，他们不仅没收了肥沃的土地，还没收了所有值钱的自然资源。1605 年，内伊湖沿岸的爱尔兰人被迫让出了在该湖进行捕鱼的权利，在 350 多年间，渔业被英国殖民者所控制。应该捕钓多少鳗鱼、用这些鳗鱼来做什么、渔民们应该得到多少报酬，这些都是由富有的新教徒们决定的。渔民们——通常是信奉天主教的农民——被从自己的土地上驱逐出去，被迫去寻找其他方式谋生。他们既贫穷又弱势。鳗鱼是让他们活下去的一种救急食物。

几百年里，沙夫茨伯里的伯爵占据着捕鱼权，但 20 世纪中期捕鱼权被卖给了一个叫"戒指"的财团，这个财团由少数有钱的伦敦鳗鱼商人组成。1965 年，当一群天主教渔民联合起来组建内伊湖渔民合作社时，控制着内伊湖所有鳗鱼捕钓活动的，正是这个戒指财团。合作社的渔民联合起来，成功借到了钱，购买了这个湖 20% 的捕鱼权。接下来的几年里，他们又筹集到更多的钱，买了剩下的 80% 的捕鱼权。与此同时，北爱尔兰天主教徒与新教徒之间爆发了冲突，这自然不是什么巧合。戒指财团的成员证实，他们遭到了直接的暴力威胁，财团的巡逻船也遭到暴力袭击，于是被迫卖掉了自己的捕鱼权份额。据说那些渔民都是爱尔兰共和军的成员。

就这样，鳗鱼也被卷入所谓的北爱尔兰问题。那是发生在北爱尔兰的一场跟宗教问题有关的暴力冲突，也涉及阶级、权力、所有权、财富和贫穷等问题。如今内伊湖的渔业完全被内伊湖渔民合作社控制了，那些仍在捕钓鳗鱼的人没有忘记自己是从哪里来的。他们带着固执的骄傲，继续往鱼钩上挂蚯蚓，把他们的长钓鱼线放进湖中。因为他们一直以来都是这么做的，也应该这么做下去。

而如今这一切都将消失：文化遗产和传统，菜肴和陆地上的标识，鳗鱼棚屋，渔船和渔具，一代又一代传承下来的知识。最后还有关于这一切的记忆本身。

不管怎样，这正是在内伊湖边、在巴斯克的阿吉纳加、在瑞典的鳗鱼海岸的人们所害怕的。因为随着鳗鱼的减少，用各种方法保护它们的呼声也越来越高。很多地方已经完全禁止钓黄鳗了。眼下有很多科学家和政治家在为全欧洲完全禁捕鳗鱼而努力。

"应该这样，"捕钓鳗鱼的渔民们说，"但不要忘了，这样做不仅剥夺了我们的职业和收入，还带走了一种传统、知识和一种正无可挽回地消失的有价值的古老文化遗产。"不只有这些，他们还说："你们是在拿人类与鳗鱼的关系当赌注。如果不许人们钓鳗鱼、捕鳗鱼、杀鳗鱼、吃鳗鱼的话，人类也就不会对它们感

兴趣了。如果人类不再对鳗鱼感兴趣了，我们其实也就失去了
它们。"

正因如此，如今北爱尔兰内伊湖的渔民合作社在捕钓鳗鱼的
同时，也花同样的精力来保护它们。他们开展了一个耗资巨大的
庞大项目：购进黄鳗，将它们放到内伊湖里进行养殖。而瑞典鳗
鱼海岸的鳗鱼渔民则组织起来，致力于提高人们对鳗鱼所受威胁
的意识。他们启动了一个叫"鳗鱼基金"的项目，跟内伊湖的渔
民们一样，将鳗鱼投放进湖中以增加它们的数量。2012 年，他们
建立了"鳗鱼海岸文化遗产协会"，目的是将捕钓鳗鱼的产业及
传统设立为瑞典的一种非物质文化遗产。协会的网站主页这样写
道："完全停止鳗鱼的捕钓意味着一种活着的文化、一种植根于
当地的手工业、一种独特的饮食文化将成为历史。海边的鳗鱼棚
屋将变成富人们的夏季度假别墅。再也听不到那种故事了。对鳗
鱼的兴趣，以及鳗鱼，都将消失。"

这是一个大悖论，也是我们这个时代的鳗鱼问题的一部分：
为了认识鳗鱼，我们必须对它们感兴趣；为了让我们保持兴趣，
就必须继续捕杀和食用它们。至少有一部分与鳗鱼关系更近的人
是这么认为的。一条鳗鱼不能只是作为一条鳗鱼而存在。一条鳗
鱼不能仅仅作为其本身而存在。就这样，它也成了我们跟这个星
球上所有其他形式的生命之间复杂关系的一个象征。

10 智胜鳗鱼

有一年夏天,我们用无钩法钓鳗鱼。这是以前在斯科讷乡下的小溪里采用的一种古老的捕鱼方法。不管怎么说,这是一种来自不同世界的操作,因为这个方法本身极为疯狂,以至于在今天看来,有人能把它发明出来实在不可思议。但是在某个时间、某个地方,还是有人这么做了,并且发现,出乎所有人的意料,它不仅可行,而且非常成功。这个知识后来传播开来——以一种人们无法理解也无法解释的方式,最终我爸爸也会了,他又把它传给了我,仿佛这是一件最自然不过的事情。

但现在不是这样了。用无钩法钓鳗鱼的时候,人们找一长段强力纱线或者其他缝纫线,线上拴着一根针。人们一只手拿着针,另一只手拿着一条肥硕的蚯蚓,用针穿过蚯蚓长长的身体,将它整个穿到线上。然后一条接着一条地穿,直到穿成好几米长,然后把它揉成一个由黏液、分泌物和扭曲的蚯蚓身体组成的蠕动的、腥臭的球。人们在球上挂一个沉子,再将球固定到一根钓鱼线上。但是不用鱼钩。

人们在夜里钓鳗鱼，在船上钓是最好的。人们把那个黏糊糊的蚯蚓球放下去，让它沉到溪底，与此同时，轻轻地拉着放下去的钓鱼线。人们等待鳗鱼过来。当鳗鱼发现蚯蚓球的时候，会把它咬住，这时人们猛地拽起钓鱼线。在惊讶与失望中，鳗鱼小而弯曲的牙齿会被缠在强力纱线上，因此如果你足够麻利，可以一气呵成地将鳗鱼拉到船上。至少理论上是这样的。

爸爸以前从来没有这样钓过，他甚至都没有见过别人这么做。但就我俩所知，我们首先需要数量巨大的蚯蚓，怎么才能搞到它们，爸爸想了一个主意。他让我给草坪浇水，他自己拿起一把普通的耙子，剪下一段电线，把其中一头裸露的金属线固定在耙齿上，然后将耙子扎进草坪里。

"你最好躲远一点，"他说，"穿上橡胶雨靴。"

我穿上橡胶雨靴站在台阶上，心脏狂跳。我看着他把插头插上，220伏特的电压流经电线、耙子，流进潮湿的土壤里。起初什么都没发生，没有一点动静。随后蚯蚓们开始从土里爬了出来，成百上千条沾满泥的蚯蚓在那里不适地扭来扭去。整块草坪似乎都在动，就像一个活着的巨大有机体。

爸爸一关上电源，我们就四处去捡那些蚯蚓。它们在我们手里痛苦地扭动着，10分钟内我们就装满了一大罐子。

一

　　暮色降临时，我们坐在小木船上，手里拿着钓鱼线，那个恶心的亮晶晶的蚯蚓球被挂在水下。我在想这一切的意义是什么。这种钓鳗鱼的方法的意义是什么？一个人当然可以在另一个人甚至都无法理解的地方发现意义，但这个意义难道不应该是情境的一部分吗？这个情境难道不应该至少大于那个人本身吗？说到底，人需要成为某种具有延续性的东西的一部分，才能感觉自己属于某种在其存在之前就已开始、在其消失之后仍将继续存在的永恒。人需要成为某种更大事物的一部分。

　　知识当然可以成为这种更大的情境。各种各样的知识，关于手工业的、关于工作的、关于不合理的古老钓鱼方法的。知识本身可以构成一种情境，如果人们成为把知识从一个人传递给另一个人、从一个时代传递到下一个时代的链条中的一环，那么在用处和收益之外，知识本身也有了意义。这是一切的目的所在。当我们谈论人类经验的时候，谈论的不是单个人的经验。我们谈论的是能被传递下去、能被复述和能被再次体验的人类共同的经验。

　　而这个将很多蚯蚓穿到一根缝纫线上去诱骗鳗鱼的知识，包含什么样的意义？这种夜里安静地坐在一条船上，用一根绳子往水里放一团慢慢死去的蚯蚓的经验，又有什么人性留存其中？

　　天很快就全黑了，我们一动不动地坐在船里。蝙蝠飞过我们头顶，离我们非常近，近到我们可以感觉到它们飞过的气流。唯一能听到的声音是我们身下缓缓的溪流中传出的柔和的哗哗声。我们时不时抬起手，小心地一拉，将蚯蚓球从溪底往上一提。仿佛是为了告诉在我们身下游动的生物：我们在这里。

不久，它们就有了回应。我的手突然感到一阵短促而明确的拉扯。

我本能地把手举了起来，看见蚯蚓球升出水面，它后面是一条急切地来回扭动的大鳗鱼，像是在快速地游向我，而不是试图逃走。我把手伸出船舷，把它从水里捞了上来。它躺在我的脚边，脑袋拼命地左右甩动，让我突然想到这就是我的行动的结果。

这一切很快就结束了，然后我们继续。这天夜里我们钓到了12条鳗鱼。几天后的一个夜里我们钓到了15条。不停地有鳗鱼上"钩"，我们只顾埋头把它们捞到船上，就像在院子的地里拔胡萝卜一样。仿佛它们来自一个突然在我们面前打开的取之不尽用之不竭的源泉，这件事就算不那么有意义，至少也是可以理解的。这种方法、这个知识本身是有用的，而且显然很有效。我们找到了一种智胜鳗鱼的方式，它打败了我们之前尝试过的所有方法。

尽管如此，我们只用无钩法钓了两个晚上，就停止了这种做法。我觉得这与浮现在我们眼前的那些挥之不去的景象有关。那些在黑暗中沿着溪底淤泥滑行过来的鳗鱼，张开嘴咬住了一团抖动的、濒死的蚯蚓。然后它们任凭自己被我们拉出水面，没有被钩住也没有挣扎，仿佛它们已经放弃了，仿佛它们在试图逃避这隐秘水下的某种东西。这不同于我们所希望见到的鳗鱼的样子。它们的表现与我们预期的不一样。也许我们跟它们走得太近了。

11 怪异的鳗鱼

1620 年 11 月 11 日，"五月花"号轮船在今天美国马萨诸塞州东南部科德角外抛锚了。两个多月前，这艘船载着 102 名旅客和大约 30 名船员离开了英国。这些旅客大多是清教徒，遵从严格的新教教义，这种教义主张忠于《圣经》、苦行僧式地信奉基督教。他们因饱受贫困和宗教压迫折磨离开了英国，先是暂时流亡尼德兰，然后西行，在新的世界从头开始。他们离开是希望在新的世界找到自由和繁荣，同时也因为他们认为这是上帝的意愿。他们更愿意把自己视为被上帝选中的人，而不是难民。是被上帝选中、得到救赎的人，是被上帝挑选出来以他的名义向全世界传播真理的人。

然而这种救赎，就像基督教故事中经常讲到的那样，自然要经历一系列的考验。当救赎最终到来的时候，它会以一种十分意外的形式完成。

当"五月花"号在北美洲海岸边抛锚的时候，已经是严冬时节了。土地寒冷荒芜，大部分旅客被迫在船上待了几个月才上岸。第一天为了考察这片区域所进行的小型探险活动也遭遇挫折。他们在岸上的雪地里扎营过夜，结果很多人都被冻死了。那些熬下来的人喜出望外地发现了一处墓地，以及几个看起来被废弃了的冬季仓库，里面储藏着玉米和大豆。可是当他们去偷仓库里的东西时，却遭到了当地土著人的追赶，他们偷的食物就是这些土著人的。一天夜里，他们遭到身配弓箭的战士的袭击，险些丧命。

不久，船上暴发了肺结核、肺炎和坏血病。食物短缺，水也肮脏。当春天终于来临的时候，最初的 102 名旅客只剩下 53 人还活着，半数的船员也死了。

当那些幸存下来的殖民地开拓者最终成功登陆时，已经是 3 月了，他们历经万难仍专注于完成计划，履行上帝的旨意。他们忍饥受冻，除了心里还怀着上帝是站在他们这一边的信念，身上的东西已所剩无几。他们不知道要在哪里开始建造殖民地，不知道如何跟当地人实现停战。他们也不知道该去哪里狩猎，哪些植物可以吃，去哪里可以找到饮用水。那个理想的新国度也许仍然很好客，但是显然，它只欢迎那些了解它的人。

就在这时，他们遇到了蒂斯匡特姆（Tisquantum）。他属于帕图克塞特（Patuxet）部落，很多年前曾被英国人抓走，被带到西班牙卖为奴隶，成功逃走后去了英国，在那里学会了英语。后来他跟随一艘船回到美洲，却发现他的整个部落都因为可能是由英国人带来的瘟疫而灭绝了。

他后来的行为没有任何显而易见的逻辑。一个人的动机，终究不能完全用他的过往来解释。但无论从哪个角度来评判，蒂斯匡特姆都拯救了那些遭难的英国殖民者。他做的第一件事是赠送给他们满满一怀抱鳗鱼。他们第一次会面的时候，蒂斯匡特姆就去了河边。一位清教徒在后来寄回英国的日记中写道："晚上他拎了很多鳗鱼回来，手都拎满了，我们的人都很高兴。它们又肥又甜美。他把它们从河底吓出来，然后不用任何工具，徒手把它们抓住。"这是人们最需要的上帝的礼物，这是他们濒临绝望时所祈求的救赎。

不久，蒂斯匡特姆教会了清教徒们如何自己捕鳗鱼、在哪些地方能够最方便地找到它们。他还给他们玉米，教他们如何种植玉米，向他们展示在哪里可以找到野生蔬菜和水果。他教他们如何及在哪里打猎。尤其是他还帮助他们跟当地的居民交流，参与并帮助他们谈判和签订停战协议，这是那些迷途的英国人得以留下的最基本条件。

就这样，那些美洲大陆早期的殖民者幸存了下来，后来成了美国缔造故事中的传奇。"五月花"号的到来后来成为美国历史的一个象征性和划时代的事件，在无数爱国语境中被赋予了神话和浪漫色彩。

1621年11月，在"五月花"号到来一年后，在那个后来因为那些清教徒幸存下来而被称为"感恩节"的日子前后，他们在日记中写到了他们找到的这块美妙土地。他们写到历经千辛万苦后被赐予的恩典，感谢上帝赐予他们的所有树木和水果，感谢那些动物、鱼以及肥沃的土地，当然还有，感谢他们每个夜晚从河里"轻而易举"钓上来的大量鳗鱼。

如果鳗鱼后来成为美国神话的一个重要形象，成为这个理想国度的一种丰满闪亮的爱国象征，成为决定命运的礼物，都是完全可以理解的。然而事实并非如此。也许是因为它们本身的特性不太适合成为崇高的象征物，也许是因为它们很快就跟穷苦工人简朴的饮食习惯而非隆重的晚餐联系在了一起，也许还因为这份礼物来自一个土著人。

不管怎样，出于某种原因，上帝赐予早期美国殖民者的这份礼物几乎从宏大叙事中完全消失了。北美洲被殖民的历史充满了神话和传奇，但偏偏鳗鱼的故事不在其中。感恩节人们吃火鸡而不是鳗鱼。别的动物——水牛、鹰、马——承担了充满爱国主义色彩的美国故事的重要象征价值。虽然殖民者们继续捕食鳗鱼，虽然鳗鱼到了 19 世纪末仍是美国人厨房里的一种重要的食用鱼，但是它们后来却从餐桌上消失了。第二次世界大战后，鳗鱼的口碑变得越来越差，到了 20 世纪 90 年代末，鳗鱼捕捞活动在整个美国东海岸基本上停止了。今天很多美国人认为，鳗鱼是一种麻烦且让人倒胃口的鱼，最好不要碰它们。看来就算是上帝的礼物，有时候也会遭到忘恩负义的对待。

对鳗鱼的这种充满矛盾的不确定态度，自然不是"五月花"号到达美洲大陆后才出现的。一直以来，鳗鱼都会在遇到它们的人身上唤起矛盾的感觉。人们有时对鳗鱼很尊崇，但也不可避免地会有一种不快的感觉。人们对鳗鱼好奇，但同时与它保持距离。

在古埃及，鳗鱼被视为一种强大的恶魔，等同于神，是禁止食用的。它们是一种习惯于游荡在神圣的尼罗河那波光粼粼的水面下的隐秘世界里的生物，在存在本身的淤泥里游来游去。在考古挖掘中人们找到过一些小型石棺，里面装着被做成木乃伊的鳗鱼，安息在神明的青铜塑像旁。

在古埃及，很多动物都象征着神性。太阳神拉（Ra）的形象通常有着隼头，死神阿努比斯（Anubis）有着豺狼的头，智慧之神托特（Thoth）得到的是鹮的头，爱神巴斯泰特（Bastet）是一个有着猫头的女性形象。每种动物自然都象征着不同的特征，但是模糊了人与动物之间的界限，这本身也是神性的一个标志。强大的造物之神阿图姆（Atum），在赫利奥波利斯城是所有其他神和所有法老的父亲，他也跟鳗鱼有关系。在一张画像上，阿图姆有着人的头、尖尖的胡子和表示神的地位的头冠。而在具有威慑力的宽大眼镜蛇盾牌下，我们可以看见他的身体是一条细长的鳗鱼，带有天然的鳍。人的头和鳗鱼的身体一起象征着一种整体性，即积极力量和消极力量的结合。

在古罗马，人们对鳗鱼的看法也莫衷一是。一些人像埃及人那样拒绝吃鳗鱼，不过不是因为他们把鳗鱼视为某种神圣之物，而是因为他们觉得鳗鱼不干净、令人厌恶。这也许是因为鳗鱼通常是在下水道出口附近被抓到的，也许是因为晒干的鳗鱼皮被用来制作一种经常用来训诫不听话小孩的皮带。

很多罗马人似乎更喜欢海鳗，或者叫欧洲康吉鳗（*Conger conger*），它们也是鳗鱼的亲戚。不过，不管是哪个种类，鳗鱼通常是跟灰暗或恐怖联系在一起的。大普林尼和小塞涅卡[1]都曾写到奥古斯都皇帝的朋友罗马司令维迪乌斯·波利奥（Vedius Pollio），他惩罚奴隶时习惯于将他们扔进装满鳗鱼的池子。那些嗜血的鳗鱼会扑到奴隶身上吃个痛快，然后这些鳗鱼会被当成特别肥硕奢侈的美食用于招待波利奥的客人。

⟜

它是一种鱼，但也是别的东西。一种像蛇、像蚯蚓、像扭来扭去的海怪的鱼。鳗鱼总是很特别。即使在基督教传统中，鱼从创世之后就是最重要的象征之一，但是鳗鱼却被认为是一种完全独立的存在。

---

1. 吕齐乌斯·安涅·塞涅卡（Lucius Annaeus Seneca，约前4—后65），古罗马政治家、哲学家和剧作家。

据说最早的基督徒——在 1 世纪时——把鱼当作一种秘密符号。因为基督徒在很多地方遭到迫害，所以他们需要多加小心。两个信徒遇见时，一个在地上画一道弧，如果另一个从反方向画一道类似的弧，就变成了一条抽象的鱼的符号，这样两人就知道对方是可以信任的。这种鱼形符号可以在公元后最初几个世纪罗马的圣卡利克斯图斯（Saint Callixtus）和圣普丽西拉（Saint Priscilla）[1] 的地下墓穴中找到。

让鱼具有这种象征意义的原因有很多。在基督教诞生之前，鱼就已经是地中海文化中的一种幸运的象征了。在关于耶稣的福音书中，鱼也成了精神觉醒与宗教信仰的象征。"来跟从我！我要叫你们得人如得鱼一样。"[2] 耶稣在《马可福音》中对最早的门徒安得烈和彼得这样说。新的教徒被称为"小鱼"。在《马太福音》中，耶稣升天的过程就好比打鱼："天国又好像网撒在海里，聚拢各样水族。网既满了，人就拉上岸来；坐下，拣好的收在器具里，将不好的丢弃了。世界的末了也要这样。天使要出来，从义人中把恶人分别出来。"

鱼当然也在耶稣行奇迹的故事中扮演着核心角色。比如，他仅仅用两条鱼、五块饼就让约五千人吃饱了肚子。比如在《约翰福音》中，复活的耶稣在提比哩亚海边向他的门徒显迹，拿鱼给他们吃，这时他们才明白这是耶稣。希腊语中"鱼"这个

---

1. 两位均为罗马的基督教徒。
2. 本书《圣经》引文的翻译均采用中国基督教协会 2009 年出版发行的版本。——编者注

词 ichthys，在很长时间里也被解读为 "Iesos Christos Theou Yios Soter" 的缩写，意思是 "耶稣基督，上帝的儿子，救世主"。

但是所有这一切说的都是鱼，不是鳗鱼，有很多例子说明在基督教兴起的那段时间，人们并不认为二者是同一回事。基督教传统中鱼所代表的一切好的东西，都跟鳗鱼无关。鳗鱼不是鱼，鳗鱼是别的东西。即使人们会把鳗鱼视为鱼，它们也和其他鱼不一样。它们没有鱼的常见特征。无论是行为上还是外表上，它们都没有鱼应有的样子。

至少在《利未记》的字里行间，上帝对所有水生动物的态度有着清晰明确的表述：

> 水中可吃的乃是这些：凡在水里、海里、河里，有翅有鳞的，都可以吃。凡在海里、河里，并一切水里游动的活物，无翅无鳞的，你们都当以为可憎。这些无翅无鳞以为可憎的，你们不可吃它的肉，死的也当以为可憎。凡水里无翅无鳞的，你们都当以为可憎。[1]

在这里，上帝想说的是——如果我们对他的措辞和再三重复的话解读无误的话——没有鳍和鳞的鱼和水生动物是可憎的，它们是不能吃的，它们很怪异，它们应该遭到厌恶。至少犹太人对

---

1. 出自《圣经·利未记》第十一章。其中 "翅"，也即鳍。——编者注

上帝意图的这种解读意味着鳗鱼是该被厌恶的东西。根据犹太人的戒律，它们是不能吃的，因此它们黏糊糊的平滑身体在犹太人的餐桌上是没有一席之地的。

如今，我们自然知道这一切都是一个误会，这大约就像《利未记》里把蝙蝠称作一种鸟一样。鳗鱼既有鳍也有鳞。它们只是比较难以被看见而已，尤其是鳞，它们非常小，上面覆盖着大量黏液，就算我们触摸也几乎不可能注意到。不过这种误会表明，在鳗鱼问题上，人们要怀疑的不仅仅是科学和鳗鱼本身。我们也不能相信上帝、上帝的解读者，或者他们说的那些话。

无论如何，鳗鱼仍然是令人厌恶的，就算不是所有人都这样认为，至少有很多人是这么想的；就算作为食用鱼或文化遗产时并非如此，至少作为隐喻时是面目可憎的。就算抛开谬见和宗教误会，它们有时也代表人们不欢迎的东西。那些对我们来说陌生和不快的东西，那些也许必须存在于隐秘之处，而不能时时刻刻都浮上表面来的东西。

在 20 世纪最值得被记住的文学场景中，有一个男人站在海滩上，在拉一根伸进海里的长长的绳子。绳子上覆盖着厚厚的海草。他又拉又拽，从泛着泡沫的水中拉上来一个巨大的马头。马头乌黑闪亮，躺在海滩边缘的沙子上，瞪着死去的眼睛，绿莹莹的鳗鱼从马头的七窍中游了出来。那些鳗鱼往前爬行，像蠕虫一样亮晶晶的，有 20 多条。当那个男人把它们全都塞进一个装土豆的袋子里后，他掰开咧着的马嘴，双手伸进喉咙，又拉出两条大鳗鱼，它们跟他的手臂一般粗壮。

这是君特·格拉斯在 1959 年出版的小说《铁皮鼓》中对那种可怕的捕鱼方式的描写。应该没有比这个更恶心的鳗鱼了吧。

如今鳗鱼并不是一种在文学和艺术中经常出现的动物，可是只要它出现，通常都是一种令人不快和有点恶心的形象。它们黏糊糊的，扭来扭去，肥硕，油亮，光滑，是一种在黑暗中生活的食腐动物，会从动物尸体中愉快地爬出来，张着大嘴，瞪着它们黑色的小眼睛。

但有时候它们也不止于此。在《铁皮鼓》中，鳗鱼其实扮演着一个相当重要的角色。正是它们，不仅预言而且引发了这场悲剧。

站在波罗的海岸边看着那个男人把黑色的马头从海里拖上来的，是小说的主人公，一个叫奥斯卡·马特泽拉斯的男孩，以及他的父亲阿尔弗雷德、母亲阿格内丝和她的表哥兼情人扬·布朗斯基。阿格内丝怀孕了，但这件事只有她自己知道。我们也不知道孩子的父亲是谁，是阿尔弗雷德还是扬。我们同样不确定的是，阿尔弗雷德到底是不是奥斯卡的父亲。阿格内丝感到很抑郁，自暴自弃，她似乎把她肚子里正在生长的生命视为一个吞噬她的肿瘤，而不是一份礼物。对她的家人和读者来说，她肚子里的孩子是一个谜。

　　他们正沿着海边散步，这时他们遇到了那个钓鳗鱼的男人。阿格内丝好奇地问他在做什么，但是他没有回答。他只是咧开嘴露出满口脏牙，笑嘻嘻地继续拉他的绳子。当他把马头拉到岸上，当阿格内丝看到从脑壳里爬出的那些黏糊糊、绿莹莹的鳗鱼时，她发生了反应。她吐了，既是身体上的也是心理上的呕吐。她必须靠在情人扬身上才能使自己不至于摔倒。海鸥尖鸣着靠近他们，在他们头顶盘旋，一圈一圈地越飞越近，仿佛是警告的汽笛。当那个咧嘴笑的男人从马的喉咙里取出两条最肥的鳗鱼后，阿格内丝转过身再次吐了，仿佛她要把体内剧烈的恶心和那个不想要的胎儿一并吐出来，仿佛恶心与胎儿是无条件联系在一起的。她将永远无法从这个经历中恢复过来了。

　　后来扬带着阿格内丝沿着海滩走开了，而奥斯卡和阿尔弗雷德则留在那里，看那个男人从马的耳朵里掏出最后一条巨大的鳗鱼，上面黏糊糊地带着白粥样的脑髓。那个男人说，它们不光吃马脑，也吃人的尸体。他还说，在第一次世界大战的斯卡格拉克战役[1]之后，鳗鱼们变得格外肥硕。奥斯卡像被催眠了一般瞪着眼睛，肚子上系着他那个白色的铁皮鼓。阿尔弗雷德很兴奋，当即从那个男人手里买了四条鳗鱼，两条大的，两条中等的。

　　经过海滩上的这件事之后，阿格内丝变了。那些扭来扭去的

---

1. 即日德兰海战，是 1916 年 5 月 31 日至 6 月 1 日英国和德国在丹麦日德兰半岛附近爆发的一场海战。——编者注

鳗鱼和可怖的马头的画面唤起了她内心的某种东西。她变得越来越虚弱，开始大吃大喝以改变自己的状况。她几乎一刻不停，病态地吃大量东西，吃完就吐，吐了再吃。她吃的是鱼，尤其是鳗鱼。她大口大口地吃浸泡在奶油酱里的油亮亮的鳗鱼段。当她的丈夫拒绝再把鱼给她吃的时候，她就自己去商店，买回来满满一怀抱熏鳗鱼。她用刀把鱼皮上的脂肪刮干净，舔刀刃，然后把鱼皮吃进肚子。当她再次呕吐的时候，她丈夫阿尔弗雷德紧张地问她是不是怀孕了。而她只是朝他哼了一声，又吃进一块鳗鱼。

没过多久，阿格内丝死了。不清楚她是吃鳗鱼而死，还是心碎而死。葬礼上她的儿子奥斯卡站在那里看着敞开的棺材里的她。她的脸十分憔悴，面色发黄。他想象她随时会从棺材里坐起来继续呕吐；想象她身体里仍然有什么东西必须出来，除了那个不想要的孩子，还有那个在如此短的时间内消耗并最终杀死她的陌生而令人厌恶的东西。那就是鳗鱼。

"自鳗鱼来，至鳗鱼去，"奥斯卡在棺材边想，"因为鳗鱼是你，要变回鳗鱼……"

他那死去的母亲终究没有从棺材里坐起来呕吐。他感觉这是一种解放，一个结束。"她把那些鳗鱼保存在身体里，把它们带进土里，好让这一切最终归于平静。"

这是一个毁灭性的隐喻。鳗鱼被视为死亡的体现。或者更准确地说，不只是死亡，还是死亡的反面。鳗鱼被视为开始与结束、生命的起源与灭亡之间的一种象征性的连接，尘土的归尘土，鳗鱼的归鳗鱼。

20 世纪中叶，《铁皮鼓》出版之时，自然科学已经发现了鳗鱼的很多秘密。它们的神秘面纱已被揭开，已经能够被人们了解了。人类慢慢地一步一步接近了鳗鱼问题的答案。人们至少已找到鳗鱼的源头以及繁殖方式等问题的答案。这个过程很慢，就像一只蜗牛在文艺复兴之后自然科学发展的高速火车旁爬行。不过现在基本上可以说，我们已经了解鳗鱼了。除了其不可否认的存在本身以外，我们还能够谈论其存在的特性。除了知道鳗鱼存在以外，我们还多少了解了鳗鱼是什么。我们不再完全仰赖于信仰了。

尽管如此，在文学和艺术作品中，鳗鱼仍然继续跟人类的不理性，以及某种陌生和无法理解的事物联系在一起。它们仍然是一种从黑暗的深处游出来的、黏糊糊的可怕生物，一种有别于其他生物的东西。

在弗里肖夫·尼尔松·皮拉滕（Fritiof Nilsson Pirater）1932年的瑞典经典小说《邦比·比特和我》（*Bombi Bitt and Me*）中，鳗鱼甚至成了一个魔鬼，一种在深水中藏匿无数年，可达好几米长的有角怪物。它藏在斯科讷一个偏僻的、也许深不可测的小池塘里躲避人类，直到一天夜里，这本书的主人公埃利和邦比·比特跟一个叫弗里克伦德的老头一起去抓它。弗里克伦德成功地将它从池塘里拖了上来，它是"一头怪兽般的深色生物，它拍打水面形成泡沫"，一场狂野的摔跤比赛开始了。那条鳗鱼像"活着的电话线杆"一样站了起来，月光勾勒出它巨大的角，直到弗里克伦德用牙咬住它那巨大的身体，这场战斗才得以结束。

"我把魔鬼咬死了。"弗里克伦德说，血从他的嘴里流了出来。然而这只是暂时的胜利。那条鳗鱼复活了。伴随着一声沉重的叹息，它又醒了过来，从草地上游走了，穿过地上的一个洞，消失在地下。回到了它原来的地方，那个隐秘的、潜意识的所在，灵魂最深处、最黑暗的角落。它死了。而死亡是不可战胜的。

在鲍里斯·维昂（Boris Vian）1947 年的超现实主义爱情小说《岁月的泡沫》（*The Foam of Days*）中，鳗鱼是一个能够预示即将发生的灾祸的荒诞形象。故事的一开头，它在厨房的水龙头里出现。每天它都从水龙头的出口探出脑袋，四下看一看然后消失。直到有一天主人公科林那位诡计多端的厨师抓住了这条鳗鱼——他在水槽里放了一个菠萝，鳗鱼忍不住去咬了一口，于是他抓住了它。厨师做了一顿美妙的鳗鱼酱，科林一边吃，一边想着他爱的克洛埃——他不久前刚刚遇见她，就要跟她结婚了。可是她即将患上一种不治之症。她的胸口长出一朵睡莲，一种来自鳗鱼世界的水生植物。这朵睡莲就像一个来势汹汹的肿瘤，她将死去，留下科林一个人在世上。

　　鳗鱼真实的典型形象——至少是在文学作品里——出现在英国作家格雷厄姆·斯威夫特（Graham Swift）1983 年的小说《水之乡》（*Waterland*）中。这部小说讲的是历史老师汤姆·克里克的故事。他试图通过讲述自己的故事和童年经历，来抓住他那些百无聊赖的、有科学精神的学生的兴趣。他审视了自己那些不可靠的记忆，试图去理解事情为什么会变成这样。他还审视了他与玛丽的婚姻，他们不育的命运。还有她的精神病。她到底是从什么时候开始得这个病的？也许是小时候一个男孩把一条活鳗鱼塞进她的裤子里造成的，是从那时候开始的？

　　或者是从他的哥哥迪克开始的。年轻时他也追求过玛丽，他赢了一场游泳比赛，只是为了打动她。他就像一条游向马尾藻海的鳗鱼，为了达到自己的目标，比所有人游得都远。那个目标也是存在的目的。他为什么要这么做？这么做的意义到底是什么？

　　这个故事讲述得很模糊，并不可靠。谁知道真相到底是什么？不过鳗鱼始终在那里，从开始到终结。它们游走在故事中，一直提醒人们那些被隐藏在故事之下的或者被遗忘的东西。

　　快结束的时候，汤姆·克里克跟他的学生讲起了鳗鱼的故事。他讲到了鳗鱼问题和科学史，包括科学史上所有的猜测、谜团和误解。讲到亚里士多德和他提出的鳗鱼来自泥土的理论，讲到认为鳗鱼能让自己受精的林奈，讲到科马基奥那条著名的鳗鱼，讲到蒙迪尼的发现和斯帕兰扎尼对此提出的质疑，讲到约翰内斯·施密特和他对鳗鱼繁殖地执着的寻找，讲到驱动他们所有人的好奇心。这正是鳗鱼想要告诉我们的，汤姆·克里克认为。它们在向我们诉说人类的好奇心，诉说我们对探寻真相、试图理解一切从哪里来又意味着什么的难以抑制的永恒渴求。而同时它们也诉说着我们对于神秘事物的渴求。"现在鳗鱼可以告诉我们很多关于好奇心的事——甚至比好奇心能够告诉我们的关于鳗鱼的事还要多。"

可为什么鳗鱼会让人如此不悦？鳗鱼为什么会唤起我们心中的这种感觉？应该不仅仅是因为它们光溜溜、黏糊糊的身体，它们吃的东西或者它们喜欢生活在黑暗和不被人注意的地方的习性吧？也应该不仅仅是因为宗教上的误解。不，应该还包括它们的神秘性，因为在它们看似了无生气的黑色眼睛背后，还藏着某种东西。一方面，我们看见了，触摸到了，吃了它们。另一方面，它们对我们隐瞒了什么。即使当人类跟它们的关系非常紧密，它们在某种程度上仍是陌生的。

在心理学中，以及在艺术作品中，人们会谈到一种特别的不适感，在德语中用形容词 unheimlich 来表达。这个词在瑞典语中没有完全对应的词，通常被简单地翻译成"恐怖"或"吓人"。但是在该词的定义中，应该还包括当我们面对无法立刻解释的东西时，所感受到的特殊的恐怖。

　　德国心理学家恩斯特·延奇（Ernst Jentsch）1906 年写了一篇题为《关于恐怖的心理学》的论文。在那篇论文里，他把恐怖这个概念定义为，当我们遇到陌生的新事物时，心里产生的"那种不安全的晦暗感觉"。延奇解释说，那种令我们恐惧的东西，是一种让我们在智力上感到不安全的东西，是因为缺乏经验或者受感官所限而无法立刻认出或者进行解释的东西。

　　这是一种过于简单和轻率的分析，西格蒙得·弗洛伊德说。此时他已经把鳗鱼研究抛在了身后，变成了精神分析领域绝对的领军人物。1919 年他发表了论文《恐怖》，部分回应了恩斯特·延奇对恐怖这个概念的定义。延奇当然是对的，弗洛伊德承认，是不确定性造成了那种特殊的恐惧感觉，比如当我们不知道一个身体是活还是死时，当我们面对一个人发疯、见证了一次癫痫发作时。但并不是所有新的和陌生的东西都会令人不快。弗洛伊德认为，还需要一些别的元素，才能让情况变得"恐怖"。这种元素是熟悉感。更确切地说，当某个我们自以为了解或懂得的东西展现出另外一副模样时，我们就会体验到那种特殊的不快感。熟悉的东西突然变得陌生了。一个物体、一个生物、一个人不再是我们最初以为的样子，比如一尊制作精良的蜡像、一个毛绒玩具、一具面色红润的尸体。

　　弗洛伊德借助语言来解释。"unheimlich 这个德语词，"他写道，"显然是 heimlich 的反义词。Heimlich，意思是熟悉的、自家的、家庭的；我们可以由此得出结论，unheimlich 的东西是可怕的，因为它是我们不熟悉的、陌生的。"但 heimlich 也是一个模糊的词，他说，因为它也可以表示秘密的、私人的，也就是对外界隐藏自己。这个词包含着其反义词的意思。Unheimlich 自然也是一样，它同时有熟悉和不熟悉的意思。

弗洛伊德认为，正因如此，我们才应该去理解这种被称为 unheimlich 的特殊的不快感。当我们认识的东西包含某种陌生的元素，当我们不确定我们见到的东西到底是什么、意味着什么时，我们就会遭遇这种感觉。

西格蒙得·弗洛伊德用《恐怖》这篇论文为"恐怖"奠定了一个后来的作家和艺术家都使用的精神分析的基础。而我愿意认为，鳗鱼在其中至少起了一点小小的作用。

在确立了这个概念在语言上的双重含义之后，弗洛伊德使用 E. T. A. 霍夫曼（E. T. A. Hoffmann）的短篇小说《沙人》（*The Sandman*）来展示这种特殊的恐怖感觉可以用什么样的语言表达出来。《沙人》讲的是一个叫纳塔内尔的年轻男人的故事。他来到一座陌生的城市求学，不得不面对自己被压抑的过去，并因此发疯。小时候，纳塔内尔听到了恐怖的童话人物沙人的故事。沙人会在夜里出现在孩子们的床边，偷他们的眼睛。成年后，他觉得自己遇到了一个沙人的化身，他的形象是一个卖气压计和光学仪器的男人。纳塔内尔爱上了一个叫奥林匹娅的神秘女子，这时他发现她其实是一个机器人，是那个卖气压计的人和一个叫斯帕兰扎尼的教授制造出来的。当纳塔内尔慢慢意识到这是怎么回事，当他在教授家看到奥林匹娅没有生命的身体和掉在她身旁地板上的眼睛时，他的精神错乱了，他要去杀死斯帕兰扎尼。

整部小说在一种不确定的深渊边上保持着平衡。叙述者的视角不断变化，没有什么是完全确定的。事情有可能发生在真实的世界里，也可能仅仅发生在纳塔内尔痛苦的脑袋中。那个被发现是机器人的女人以及偷眼睛的情节，对弗洛伊德来说也是中心意义所在，象征着恐怖的核心。在这里，一个生物是活的还是死的，存在着一种不确定性；而同时，对于被夺走视力、失去观察和感受世界真实面貌的能力，我们也怀着一种恐惧。

霍夫曼的这个故事，也许还告诉了弗洛伊德一些别的信息。它讲的是一个来到一座陌生城市求学的德国青年的故事。这座城市的名字始终没有被提及，但是斯帕兰扎尼教授和那个卖气压计的人据说都是意大利人。此外此人不仅卖气压计，还卖各种各样的光学仪器，比如显微镜。这种仪器的作用是，对有科学精神的人来说，真理早晚会通过它显现出来。还有一个有趣的巧合是，《沙人》中那个神秘的教授斯帕兰扎尼，跟 18 世纪去科马基奥寻找鳗鱼真相无功而返的著名自然科学家同名。

在《恐怖》这篇论文的末尾，弗洛伊德还讲了一个他自己遇到的类似的令人不快的经历。有一回他在一座"首都以外的意大利城市"散步，那是一个暖和的下午，不知怎的，他走到了一条窄巷里，满眼所见尽是浓妆艳抹的女人，她们坐在房子的窗口向外望着。他从那里走开，可是没过多久，他惊讶地发现自己又回到了同一个地方。他又走开，但很快发现，他再次回到了同一条巷子里。他三次无意识地被带到了同一个地方，仿佛在一个梦里一遍又一遍地经历同一个情境。

他感到恐怖。那种并非出于自愿的重复，一遍又一遍地被迫体验完全一样的事情的经历，就如同周复一周地站在晦暗的实验室里解剖一条又一条鳗鱼，每一次都没有发现他期望的东西。"我中止了那探索性的散步，直接回到不久之前离开的那个广场，这时我感觉轻松。"

他写的极有可能是在的里雅斯特的经历。梦境般的散步，他在给爱德华·西尔伯施泰因的信中也描述过。那是 1876 年，他在的里雅斯特没能找到鳗鱼的睾丸。他还描述过同样窄窄的巷子和透过窗户看着他的浓妆艳抹的女人。可以断定，当西格蒙得·弗洛伊德试图捕捉那种特殊的不快感和理智上的不确定感时，他想到的正是在的里雅斯特遭受挫折的那几周神秘的时光。如果他当时想到的是鳗鱼，这也不足为奇。因为这么多年来，在文学和艺术作品中，在水面下隐藏的现实中，如果它们不是恐怖，不是 unheimlich，那又会是什么呢？

12 杀生

我记得爸爸在溪边的样子，在月光下柔和的溪流声中，旁边有芦苇冒出来，仿佛从他身后的水中伸出来的灰暗的触角。他站在溪边的斜坡下，手里紧握着一条鳗鱼。它很小，小到实在无法带回家食用。可是它把钩子吞得太深了，以至于钩子顺着它的喉咙落进了肚子里面。鳗鱼经常会这样。爸爸用力握住鳗鱼的身体，试图把钩子从它嘴里取出来。可它却一个劲地缠着爸爸的胳膊扭来扭去，仍然拒绝把钩子吐出来。爸爸很生气，咬着牙齿小声说："该死的家伙。"

我看着这个场景，不安感缓缓地在心里萌生。沾在他手臂上的厚厚的黏液，几乎洗不掉，如同散发着臭味的强力胶水粘在皮肤和衣服上。鳗鱼小小的黑色瞳孔似乎在盯着某个人，但又不跟任何人的目光发生对视。它动作缓慢，身体如同紧绷的肌肉一般弯曲，绕着自己的脊柱转动，露出腹部的白色部分在月光下闪闪发亮。

　　爸爸把鳗鱼握得更紧了，用力拽钓鱼线，试图把它的嘴撬开。但它只是咬紧嘴巴，继续在爸爸的手里扭动，无力地抗拒着。血从鳗鱼的嘴里流了出来，爸爸皱了皱眉，用更轻的声音说："快放掉钩子，该死的！"尽管他的话很有攻击性，语调却似乎慢慢变了。变得柔和了，带着恳求的语气，甚至有些爱意。他摇了摇头。"不，这样不行。"我把刀递给他，那把磨了很多次、刀刃薄得像芦苇叶的长长的杀鱼刀。他蹲下来，把鳗鱼按在地上，果断地把刀尖狠狠地扎进它的脑袋。

　　爸爸非常喜欢动物。所有种类的动物。他喜欢到大自然中，到溪边或者森林里。他喜欢翻关于动物的书，看电视里关于动物的自然节目。他喜欢马和狗。每当他看见一头不常见的野生动物时他都会非常兴奋。有时我们到野外去观察鸟类，只有他和我，带着一副望远镜。我们漫无目的地闲逛，看到一只鸢或者一只啄木鸟时，就会轮流用望远镜看。我们不会记录看到了哪些鸟儿，对我们来说这不是一种娱乐。我们只是喜欢看鸟。

　　他对所有奇形怪状的生命都很着迷。他给我讲溪边的蝙蝠，讲它们是怎样借助声音进行导航的。"它们完全没有视力，都看不见自己的鼻子，但是它们会发出一种很高的、我们听不到的声音，然后倾听回声。当声音被反弹回来的时候，它们立刻就知道前面是一只蚊子还是一棵树的树干。这个过程只需要十分之一秒。"

　　有时候我们听到那些高高的、潮湿的草丛里发出沙沙的响声，看见一条受惊的草蛇滑落溪中，穿过溪流游走了，它的头上带着黄色的斑纹，就像发光的灯笼一样。有时我们会看见一只苍鹭站在对岸的斜坡上，脖子像钓鱼钩一样弯曲着，巨大的喙对着那些隐藏在水面下的东西的方向。

爸爸还讲过水貂，它们也在溪边出没。一种小小的、纤细的、几乎浑身黑色的水貂，在夜里沿着水边潜行。他是这么跟我说的，我从来没有见过，也不确定爸爸是不是真的见过。不过有时我们会在溪边发现被吃了一半的鱼。"一定是水貂干的。"爸爸说。

他说这是一种很漂亮的动物，但也非常阴毒危险，也许不是对我们来说，但对我们来小溪边寻找的东西来说很凶险，也就是鳗鱼和其他鱼类。"它们是杀生爱好者，"他说，"它们杀生只是为了娱乐。"他说水貂吃老鼠和青蛙，尤其是鱼，而且直到把它们遇到的所有动物都杀死才善罢甘休。每当它们遇到另一种生物时，就必须把对方杀死。这是它们的天性。它们是入侵者，不仅是在溪边，在整个生物链中都是一样。它们基本上能把一条溪里的鳗鱼吃光。现在轮到我们来恢复这里的秩序了。

于是爸爸设了一个陷阱。那是一个很简单的长方形木箱，近1米长，其中一头有一个开口，还有一个能够打开的锁扣装置，确保水貂在被骗进去之后能被困住。我们在箱子的最里面放了一只死蟑螂，把陷阱放到陡坡下的小溪旁。然后我们去钓鳗鱼，让陷阱在那里放上一整夜。

第二天早晨，我们穿过湿漉漉的草丛，尽可能蹑手蹑脚地走到陷阱那里，查看有没有被动过的痕迹，听听里面有没有水貂的声音。可惜陷阱是空的。蟑螂仍在里面，没有被动过。我们在溪边很多地方放置过陷阱，每一次的结果都是这样。一只孤独的、没有被动过的蟑螂臭烘烘地待在里面。我们一次都没有发现过，哪怕是一点点水貂在附近出没的痕迹。

慢慢地我开始怀疑那里是否真的有水貂，不过最重要的是，我很高兴我不用见到它们。因为假如我们真的抓到了一只水貂，又该怎么办呢？我觉得爸爸会把它杀死。可是怎么杀呢？用手吗，还是用刀？也许他会把整个箱子沉到水中把它淹死？这是一只纤细又漂亮的动物，它有着闪亮的眼睛和柔软光亮的毛皮。杀死这样一只动物是对的吗？这感觉有点奇怪，完全不同于杀死一只蟑螂或一条鳗鱼。

人与动物的区别是什么？我完全不知道。我唯一知道的是有区别，而且这种区别是不可更改的、明确的。人与动物是不一样的。

慢慢地我还懂得，不只是人与动物之间有区别，动物与动物之间也有区别。它们的界限更为模糊和不确定。这种区别似乎更多地存在于我们看待动物的方式中，而不是动物的天性中。如果我们看一种动物，能够从中看到自己的某些方面，那我们就不可避免地会跟这种动物亲近。这并不意味着杀死某种动物很容易，或者可以变得很容易，这只意味着动物与动物是有区别的。人类的同情心似乎就是这么建立的。与一只跟你对视的动物，你是可以产生共鸣的。要杀死这样一只动物也就更难了。

爸爸非常喜欢动物，但他有时会杀动物。这不是一件让他感到愉快的事，暴力不会让他产生快感，但如果他认为这么做是对的，他就会这么做。他受到的熏陶是这样的：一个人对其他形式的生命不仅拥有统治的权力，也承担着一种责任，让它们活着或死亡的责任。人们应该怎样履行这种责任、什么时候应该这样做或那样做，这些并不总是那么显而易见的。但它仍然是一种我们无法逃避的责任。这是一种我们必须抱着某种尊重去承担的责任。对动物的尊重，对生命本身的尊重，也包括对这种责任的尊重。

他在家里放了一把猎枪。它被放在一个衣柜里，锁了起来，他很少用它。每年有一两次，他会跟几个陌生的男人出去打猎。他们清晨很早就出发了，穿上厚重的外套，戴上绿色的棒球帽。有时他会带一只兔子回家，兔子的后腿被倒拎着，毛皮松弛，上面滴着血。有时候他会带回来几只野鸡。不过他似乎很少自己开枪，他常说是别人打的。他说他不喜欢在动物静止不动的时候对它们开枪，比如，一只坐在空地上晃动耳朵的兔子，它完全没有察觉到危险的存在；或者一只坐在树上咕咕叫的斑尾林鸽。他站在那里瞄准它们，但没有想过要扣动扳机。

可是就我所知，他还是开枪打死了我们的猫，我们那只叫奥斯卡的猫。那是一只很胖但跟我们不是特别亲近的黑白色公猫，白天总是躺在沙发上睡觉，一到晚上就跑出去，第二天早上才回来。后来它老了，有很多病，很疲惫。一天早上它突然不见了，我没有想太多。爸爸和妈妈说它跑掉了，也许是被汽车轧死了。直到很久之后我才知道，是爸爸把它杀掉的。他用猎枪杀死了奥斯卡，因为他觉得，这是正确的做法。

他还试图把奶奶的猫也打死。那只猫也老了，疲弱不堪。爸爸把它带去森林打算结束它的痛苦。他把猫和猎枪装进汽车后备厢，然后沿着碎石小路开到森林深处的一块小空地上。正当他把车停好时，他在林间空地的边缘发现了一群鹧鸪。能跟它们靠得那么近很难得，而且猎枪就在后备厢里，已经上好了子弹。于是他小心翼翼地绕到车后，用一只手轻轻打开后备厢，把另一只手伸进去拿枪，以免让猫溜出来。可就在这时，那只猫——又老又病又弱的猫——不知怎的突然有了活力。它就像一道黑线划过后备厢细细的门缝，一转眼就跑进了树丛中，冲向那群鹧鸪。那只猫在灌木丛中消失得无影无踪，而鹧鸪们受了惊吓四散逃离。只剩下爸爸站在车旁，手里拿着猎枪。他因为不小心，没能承担起责任。后来他再也没有见过那只猫。

一

一个人如何看待人和动物，如何看待人与动物的区别，其实在童年时代就已经成形了。这是自然而然的，也是无可争辩的。对我来说，却并没有这么自然。

爸爸在一个农庄里长大，还是小男孩的时候，就已经在帮大人清除猪圈里的老鼠了。他用手抓过老鼠，把它们重重地摔到猪圈的墙上，飞快地把它们弄死。他见过人们杀鸡，把小猫淹死。他父亲杀猪时他会在场。他见过人们是怎样给猪打麻药，砍断它的脖子后再放血的。他学会了怎样用滚水给它煺毛，然后用又厚又硬的刷子清洗；知道清洗完之后人们是怎样切割这头猪的，知道它是怎样从一头活着的动物变成一块一块的肉的。

长大后他继续帮忙杀猪，有一回他把我也带过去了。当时我大概 10 岁。我们一早出门，到了爷爷奶奶家，我透过打开的猪圈门看到里面放了一只装着滚水的大桶，刀和刷子放在地上，爷爷把猪牵出来，那是一头又大又温驯的公猪。我很兴奋，又有点害怕，爸爸也许注意到了这点，因为当我们走进去开工的时候，他转过身来对我说："不，你最好还是回奶奶家吧。"

他的声音出乎意料地严肃，我感到一阵怏怏然和失望。不过当他走进猪圈，把门关上，留下我一个人待在院子里时，我感到无比地轻松。

几天后的一个清晨，我们来到溪边收钓鱼线。那是夏末时节，早晨就已经有点热了，高高的杂草很干燥，发出噼噼啪啪的声音。又大又肥的蜻蜓在我们头顶扑扇着翅膀，小溪流淌得格外安静平缓。我坐在斜坡下离那棵柳树不远的地方，爸爸站在 1 米开外。我们看到一根钓鱼线在水里绷得直直的。我用手指碰了碰尼龙线，感觉到它好像在颤动。我用手拉住钓鱼线，它上下起伏着，鱼在反抗，这种感觉很熟悉。"是鳗鱼。"我大叫起来。

那是一条相当大的鳗鱼，有着深棕色的背部和亮闪闪的浅色腹部。我紧紧地捏住它脑袋后面的位置，盯着在它紧闭的嘴里消失的钓鱼线。它绕着我的胳膊扭动，就像一根收紧的粗绳子，一直缠绕到我的上臂上。突然，它松开了，猛地抖了一下，尾巴直直地打到了我的脸上。我沾了一脸厚厚的黏液。那上面有鱼的气息，还有曾经的、略带咸味的海的气息。

我笨拙地掰开它的嘴，发现钓鱼线已经穿过了喉咙。钩子扎在了很深的地方，根本看不到铁环。我用钓鱼线试探了好一阵子，又拉又扯，试着把指尖伸进最里面，想把钩子弄出来，直到听见一记柔软潮湿的咔嚓声，一股鲜血从鳗鱼的嘴里流了出来。

"它把钩子吞下去了，"我说，"你能把它拿出来吗？"

爸爸探过身子来看了看鳗鱼。

"我的小伙计，"他说，"你怎么吞得这么深？真是的！"

说完他直起身子，转而看向我。

"不，你来处理。你行的。"

13 水面下的生命

无论鳗鱼会引起多么矛盾的感觉，它们总是给我们一种好脾气的印象，无论是在我们附近，还是在它们的天然栖息地中。它们很少装腔作势，不会弄出一些戏剧性的场面。周围环境提供什么它们就吃什么。它们待在暗处，既不需要关注，也不需要赞美。

鳗鱼不同于鲑鱼。鲑鱼光彩照人，它们横冲直撞，在空中做大胆的腾跃。在我看来，鲑鱼是一种以自我为中心、爱慕虚荣的鱼。鳗鱼则给我一种更舒服的印象，它们的存在无足轻重。

从根本上说，鳗鱼也是鲑鱼的反义词。鳗鱼和鲑鱼都是洄游鱼类，都是既生活在淡水里也生活在咸水里，都要经历多次蜕变。但是它们的生命历程却有着根本的区别。

鲑鱼是一种所谓的溯河洄游鱼。它们在淡水里交尾，一两年后它们的后代游到海里，在那里长大并度过成年后的大部分时光。短短几年后（它们自然不像鳗鱼那么有耐心），性成熟的鲑鱼重新游回淡水里进行繁殖。

　　而鳗鱼呢，它们跟鲑鱼做相似的旅行，不过方向是相反的。鳗鱼是所谓的降海洄游鱼。它们在淡水里度过生命的大部分时光，但在咸水里进行繁殖。

　　另一种更微妙、更难捕捉的细节也将它们区别开来。当鲑鱼洄游到江河中的时候，它们总是会回到它们的父母曾经交尾的那片水域。每一条鲑鱼——真的是每一条——都跟随着自己父母的轨迹。从某种意义上说，它们知道那是它们必须回去的地方。它们可以在海里过一种自由自在的广阔生活，但随后它们总是会返回出生地，加入那个宿命般的集体。这意味着不同河流里的鲑鱼有着明显的基因上的差异。也就是说，鲑鱼在生物学上依赖于其出生地，它们不允许出现存在上的越界。

　　鳗鱼当然也洄游到自己的出生地——马尾藻海！但是在那片广袤的海面上，它们遇到的是来自全欧洲的鳗鱼，繁殖时完全不考虑对方的血统。出生地对鳗鱼来说不是家庭或者生物学上的归属，它只是一个地方。之后，当小小的柳叶状的幼鱼漂向欧洲海岸，变成玻璃鳗时，它们显然是随机地游进任何一条河流里。它们在哪里度过成年时光跟它们的先辈似乎一点关系都没有。一条鳗鱼为什么选择某条小溪或某条河流生活是一个谜。这意味着欧洲各条江河溪流里的鳗鱼，基因上的差异极小。每一条鳗鱼都独自寻找自己在世界上的位置，没有继承性，独自存在于这个世界上。

　　也许跟鲑鱼被设定好的无法独立自主的生命历程相比，我们更能与鳗鱼的命运建立认同感。也许正是因为如此，鳗鱼以其充满神秘感的不可亲近性，成为一种如此迷人的生物。因为我们更容易理解一个带着秘密，不直接显露出他是谁、来自哪里的人。鳗鱼的神秘，也是人类身上的神秘。独自在世界上寻找自己的位置，这也许是人类所有经验中最终极、最普遍的经验。

在这里，我当然将鳗鱼拟人化了，赋予了它们更多内容，使它们不再只是其本身或者想要成为的东西。这当然会引起一些质疑。这通常被称为拟人论，即赋予非人类的生物以人类的特征或意识。这是文学等领域里一个常见的技巧，比如那些以拟人化动物为主角的童话和寓言，动物们像人一样思考、说话、感觉，它们遵守道德，按照设定的价值观行事。这种技巧在宗教中也很常见。神具有人类的形象和特征，好让人们理解他们。古诺斯语中的阿萨神族是人形的神。耶稣是上帝的儿子，但也是一个人，只有这样他才能成为世俗与神界的联系，成为救赎人类的人。从根本上说，这是一种身份认同，一种在陌生的事物中看到熟悉的东西的能力，然后用这种方式去理解它，感觉更靠近它。艺术家在画肖像画时总是会加入一小部分的自己。

但是在自然科学中，拟人论从来没有被真正接受过。自然科学要求的是纯粹的客观性，是在显微镜下显现出来的真相。它试图描述的是世界真实的样子，而不是它表现出来的样子。鳗鱼不是人，当然也不能通过跟人进行类比去理解它们。一个对知识有着客观和经验主义态度的人是不会用这种方式去描述动物的。以人类的方式去体验这个世界，是我们独有的。

不过，蕾切尔·卡森描述鳗鱼时，正是这样做的。她将它们拟人化了。她将鳗鱼描绘成一种有意识、有感情的生物，一种能够记忆和思考的动物，它们会因为命中注定的艰难而感到痛苦，也能享受生命中的美好。她这么写有她的理由。日后我们总结自然科学史时，蕾切尔·卡森将会是那些做出了最多贡献的人之一。她不仅增加了我们对鳗鱼的认识，还增加了我们对其必然从属于其中的巨大而复杂的生态系统的认识。蕾切尔·卡森是 20 世纪最著名、最具影响力的海洋生物学家之一。她主要研究海洋和海洋生物，写了很多关于海洋生命的开创性的书籍，后来也成为早期环境运动的一位先锋和标志性人物。她在很多方面都非常杰出。

她出生于 1907 年 5 月，在宾夕法尼亚州斯普林代尔的一个小庄园里长大，宽阔的阿利盖尼河环绕着村子，离庄园只有一步之遥。在那里，在生命的最初几年，她就已经形成对动物和自然的终身兴趣。她很早就爱上了森林和湿地、鸟类和鱼类。她尤其着迷于河流、所有藏在水面下的东西、所有从美国东海岸的海洋支流里被一路带进来的生命。

虽说如此，她的职业道路，绝对不是事先设定好的。她的父亲是一个四处奔波的推销员，母亲是家庭主妇。她家境很穷，学术生涯对她来说是一条可能性很小的路。然而母亲仍然鼓励女儿对自然的兴趣，尽管她自己在结婚后放弃了教师职业。她带着蕾切尔进行长距离的散步，一路上她们研究植物、昆虫和鸟类。母亲训练她进行观察，教她关注细节。此外母亲还把对生命多样性深沉且充满爱的尊重潜移默化地教给她。蕾切尔·卡森刚学会读书写字，就开始写一些小书、画一些小册子，上面是一些关于老鼠、青蛙、猫头鹰和鱼的故事。据说她是一个很孤僻的孩子，好友很少，但是在大自然中，她从来不会感到孤独或格格不入。那是她最了解的世界。

后来在她18岁的时候，她还是上了大学。她以全班最好的成绩从中学毕了业，她母亲卖掉了家里的瓷器以支付大学的学费。她一开始学的是历史、社会学、英语和法语，但是在她的第一篇大学论文中，她就透露了自己一生的兴趣方向："我热爱大自然中一切美的东西，那些野生动植物是我的朋友。"两年后，20岁的她产生了一个决定她一生的想法。她将其描述为一次"神启"。突然有一天，她明白了海洋是她要献身的领域。她要把自己所有的好奇心和学术天赋都贡献给海洋。"我意识到，"她后来写道，"我自己的路把我引向海洋，那片当时我甚至都没有见过的海洋。从某种意义上说，我的命运是跟海洋联系在一起的。"

是什么吸引蕾切尔·卡森走向海洋的？这个选择看起来有点随意。她在内陆深处长大，甚至都不曾亲眼见过大海，她从来没有把脚趾伸进过海水，从来没有听过海浪拍打沙滩的声音。可是大海还是不可避免地成了她的选择。她仿佛循着一种气味沿着河流的支脉一路回到它们的出发地，来到海洋，来到万事万物的起源地。这就是她首先产生的想法。海洋是我们每个人最初的起源地，因此想要理解陆地上的生命，必须首先理解海洋。多年后，在 1951 年出版的那本就叫《环绕我们的海洋》（*The Sea around Us*）的书里，她用一种有别于其他大多数海洋生物学家的方式，一种兼具科学性和诗意的方式解释了这个想法：

> 那些离开水开始在陆地上生活的动物，把海洋带在自己的身体里，那是一种它们传递给后代的遗产，一种至今仍然把所有陆生动物与其在远古海洋中的祖先联系在一起的遗产。鱼类、两栖动物和爬行动物；温血的鸟类和哺乳动物——我们所有动物的血管里都有一种盐溶液，其中钠、钙、钾的比例几乎跟海水一样。这是我们从几十亿年前继承下来的遗产，那时我们遥远的祖先从单细胞生物进化为多细胞生物，进化出一种体内的循环系统，在这个循环系统里，最初只有海水在流淌。

所以我们都起源于水，都起源于那片神秘的马尾藻海。"正如生命本身开始于海洋，我们每个个体的生命都开始于子宫羊水所构成的迷你版的海洋。"

一

1932 年秋天，蕾切尔·卡森成为海洋生物学的一名博士研究生，她在实验室的一角有一个养着鳗鱼的巨型水族箱。她想研究当人们改变水的盐度后鳗鱼的反应。她想弄明白鳗鱼在它们的生命历程中，是如何完成那些颠覆性的改变的；是如何接受自己的命运，忍受那漫长、绝望的迁徙和那一次次神秘的蜕变的。她始终没有完成这项科学研究，但是很显然，她为鳗鱼倾倒。她经常在水族箱前向朋友展示那些鳗鱼，讲它们神秘的生命周期和游向马尾藻海的漫长旅行。她将保持她对鳗鱼的迷恋，日后还会再来研究它们。

然而，继续学术生涯的梦想却突然中断。1935 年 7 月，蕾切尔·卡森的父亲去世了，突然间她不得不担负起照顾母亲和姐姐的经济责任。她的研究得到的报酬很少，继续在实验室工作已经不可能了。雄心壮志和自我价值的实现不得不让位给责任和对家庭的忠诚。但是通过大学里的熟人，她得到了一个有稳定收入的工作机会，让她可以继续追求自己另一个长久以来的兴趣——写作。她开始为一个讲述海洋生命的广播系列节目写解说稿。节目分为 52 集，每集 7 分钟，她在里面介绍了 52 种水生物种，她的解说稿既保证了科学方面的准确性，也足够有趣，能吸引业余的听众。派给她这个任务的客户，也就是美国渔业局，对这个结果非常满意，于是她立刻得到了一个新任务，为一本讲海洋生命的宣传册写简介。她写了一篇名为《水的世界》（*The World of Waters*）的文章，那是一个关于海洋中的生命，关于所有藏在波光粼粼的水面下生活、捕食或被捕食、出生、繁衍和死亡的生物的故事。这篇文章不仅有她扎实的海洋生物学知识作为基础，还富有创意，能让人产生共鸣。她的客户读了这篇文章，认为它可能不适合作为政府发放的资料手册，这不是他设想的东西。这是一部文学作品。

"我认为我们没法用它，"他说，"把它寄给《大西洋月刊》吧。"

就这样，她终于成了作家。蕾切尔·卡森的道路终究还是将她引向了海洋，引向了万物的起源地。认识和了解这个起源地，将成为她的生活和工作。

1941 年，蕾切尔·卡森的第一本书出版了，书名叫《海风下》（*Under the Sea-Wind*）。它是由发表在《大西洋月刊》上的那篇关于海洋的文章拓展而成的。她想把海洋作为一个巨大、多元的环境来讲述，至少要展现在海洋深处、在人类视线和知识范围之外正在发生的一些事。通过这种讲述，她也想展现某种更大、更普遍的东西：万事万物是怎样联系在一起的。她在给出版商的一封信里写道："对我来说，这些故事不仅会挑战我们的想象力，也会让我们在看待人类问题时有一个更好的视角。它所讲述的，是一直在发生的事情，它们就像太阳、雨水或海洋本身一样，是永恒的。海洋生物为了生存而进行的不懈斗争，也反映出陆地上所有生命——包括人类与非人类的生命——之间的斗争。"

因此，她用了一种海洋生物学家不常用的文学的方法。她用了拟人法，那种用于童话和寓言的文体技巧。这本书的第一部分讲的是近海生物，第二部分讲的是外海，第三部分讲的是在昏暗的深海中发生的事情。每一部分主要通过一种特别的动物来讲解。在第一部分，我们遇到了一只海鸟，一种叫剪嘴鸥的鸟，它生活在海岸边，捕食小鱼，随季节和潮汐而动，度过自己的一生。它完美地融入了一个巨大的、无比复杂的生态循环系统。这只鸟不仅有故事、有个性，而且还有一个名字——瑞乔普思（Rynchops），是从其拉丁学名而来。随着故事的推进，它在特定的海岸环境中遇到了大量其他动物：苍鹭、乌龟、虾、鲱鱼和燕鸥。而人类只是远远地站在背景中的陌生人。

在第二部分，我们通过类似的方式跟随一条名叫斯康伯（Scomber）的鲭鱼，置身于壮观的鱼群中穿过外海。鱼群的周围到处都是海鸥、鲨鱼和鲸鱼，但是直到没有露脸的人类把他们的拖网沉到深海中，鱼群才真正遇到了危险。

在这本书的最后一部分，我们遇到了鳗鱼。在蕾切尔·卡森看来，再也找不到比鳗鱼更好的动物来代表海洋的迷人复杂性了。她在写给出版商的信里解释道："我知道很多人看到鳗鱼会害怕。但对我来说——我相信对很多了解它们的故事的人来说也一样，遇到一条鳗鱼差不多就像遇到一个去过地球上最美丽、最遥远地方的人；我立刻就能看到一幅生动的景象，那是鳗鱼去过的神秘地方，是我——作为人类——永远无法造访的地方。"

这条鳗鱼的故事开始于一个叫比滕的小湖泊，它坐落在一座高山的山脚下。该湖距离大海 300 多公里，四周被香蒲、纸莎草和水葫芦环绕，只有两条小溪流入。在那里，鳗鱼的故事是这样的："每年春天都会有大量的小型生物沿着长满草的水沟游进比滕湖。它们的形状很奇特：像细细的玻璃棍，比成年人的手指要短。它们是年幼的鳗鱼，出生在海洋里。"

接下来，蕾切尔·卡森介绍了一条雌性鳗鱼，10 岁，她管它叫安圭拉。它还是小小的玻璃鳗时就来到这里，之后就在这个小小的湖泊里生活了一辈子。白天它藏在芦苇丛中，到了夜里出去猎食，"因为就像所有鳗鱼一样，它喜欢黑暗"。它钻进湖底柔软温暖的泥床里过冬，"因为就像所有鳗鱼一样，它喜欢温暖"。安圭拉是一只能够感知和体验事物、记得自己的过去、能感知痛苦、懂得爱，甚至有自己心愿的动物。因为当秋天来临时，安圭拉发生了一些变化。它突然想离开，那是一种模糊的、无法用语言表达的渴望。在一个黑暗的夜里，它游向比滕湖的出口，穿过一条条溪流和小河，行经 300 多公里游进广阔的海洋。我们可以跟随它来到海里，经历各种艰难险阻，游向海市蜃楼般的马尾藻海。然后继续往深海游，游向"史前的洋底沉积层"，游向隐秘的深渊。在那里，海水"冰冷无情，仿佛时间一样"。

当安圭拉和所有其他年老的鳗鱼从我们的视线和知识范围中消失后，我们将转向那些小小的几乎没有重量的柳叶鳗——那是"鳗鱼父母留下的唯一遗产"，它们在海流中进行漫长的漂流，穿越大海，穿越大陆架，朝着那片"曾经是海"的陆地前进。

《海风下》于 1941 年 11 月在美国书店面世。这个时间点自然非常糟糕。一个月后世俗事务空降，日本袭击珍珠港，美国加入战争。人们对鳗鱼、鲭鱼和剪嘴鸥这些童话故事的兴趣一下子降至最低点。这本书卖了不到 2000 册，很快就被人们完全遗忘了。

不过，后来这本书被人再次拾起，推出了新版，受到新生代读者的关注和喜爱。主要是因为它用一种童话般、梦幻般、文学性的美妙方式讲述了海洋里的生物，而与此同时，它又是完全有科学依据的。蕾切尔·卡森对动物所做的拟人化处理完全是特意而为，经过斟酌，是为特定目的服务的。她使用童话的技巧，但又不超越科学和事实的边界。她没有让鳗鱼说话或者让它们的行为不像真正的动物。她只是试着去想象，真实的世界在鳗鱼眼里到底是怎样的，它们是怎样经历其奇怪的生命历程中所有的困难、蜕变和迁徙。同时，她对其生命历程进行了科学而清晰的描述。她在第一版的前言中这样解释:"我说一种鱼'害怕'自己的敌人,不是因为我认为这些鱼能感受到我们人类的那种害怕,而是因为我觉得它似乎表现出很害怕的样子。鱼身上的反应通常是生理性的,而我们身上的反应通常是心理性的。不过要让鱼的行为被我们理解,我们必须使用属于人类心理状态的话语来对它们进行描述。"

就这样,鳗鱼的行为第一次得以被我们理解,至少比以前更容易被我们理解一些。蕾切尔·卡森的观点是,要真正理解另一种动物,必须能够从它们身上看到一些自己的东西,这正是她在自然科学史上如此独一无二的原因。她在动物身上产生了认同感,而这种认同也让她有能力和勇气来对它们进行拟人化。她打破了传统自然科学的一种禁忌:她赋予鳗鱼以意识,近乎人类的意识,并以此来进一步了解它们。她这么做,不是因为她在科学意义上认为鳗鱼真的具有这种意识,而是为了让我们更好地理解这是一种多么独特和复杂的动物。在她的笔下,鳗鱼是它们本身的样子,也是可以让人产生某种共鸣的东西。鳗鱼是一个谜,但也不再是一个完全陌生的东西。

那么鳗鱼与人到底有什么区别呢?我们常说,一个人之所以是人,是因为他能够意识到自己的存在,并用这种意识,产生一

种意愿去影响存在。至少在很长一段时间里，我们是这样看待人
与动物的区别的。

17 世纪时勒内·笛卡儿说，除了人类，所有动物都可以被视
为"自动机器"。动物是肉体，它们的行动只是机械反应。而人
类则相反，具有某种所有动物都不具备的东西，就是灵魂。灵魂
会让人思考，思考本身是意识存在的证明。也就是说，人类有灵
魂，所以具有意识。动物没有灵魂，因此也不具有意识。

在灵魂的帮助下，人类超越了动物，也超越了时间的流逝和
变化。灵魂这个概念，无论过去和现在都是跟"人是个体的"这
个观念结合在一起的。而"个体"是指某种不能再分割的东西，
哪怕所有其他东西都改变了，它仍然不会改变，仍然是一个完整
的统一体。因为人的身体不可避免地会发生改变，人类生活的外
部条件也会发生改变，那么一定是某种别的东西，某种永恒的东
西，让我们成为个体。这个东西我们在很长的时间里都管它叫
灵魂。

动物与人类之间的这种区别当然从来没有得到过确认。1758
年卡尔·冯·林奈出版了他那本一直在重写的著作《自然系统》
（Systema Naturae）的第十版（通常被视为动物学命名法的开端，
因而是最重要的一版），跟早前的版本相比，它包含着一些有争
议的修订。比如，林奈在这一版里把鲸从鱼类移到了哺乳动物
类，把蝙蝠从鸟类移到了哺乳动物类。也是在这一版中，他一度
废除了人与动物之间既有的界限。就是在这一版中，他将红毛猩

猩与人归为同一个属，即人属。这意味着根据林奈的理论，红毛猩猩其实就是人，而我们，即智人，不再是我们这个属中唯一活着的成员。我们不再像我们一直以为的那样独一无二了。

这是一个很快就得到了修正的科学上的错误，但不管怎样，这个错误引出了一些有趣的问题。如果红毛猩猩是人，那是否意味着红毛猩猩有灵魂？它们能意识到自己的存在吗？那样的话，人类和红毛猩猩的区别是什么？如果这一界限被废除了，那么人与蝙蝠或者鳗鱼的区别到底是什么？

好在后来查尔斯·达尔文出现了，他一劳永逸地否定了我们拥有永恒的灵魂的说法。进化论与"人拥有不变的灵魂"这样的理论是不相容的，因为进化论认为，所有的生命，以及生命的每一个部分，都会发生变化。人成了众多动物中的一种。此后，随着现代科学研究的进步，世界上的动物反而变得更像我们人类了。它们就算没有灵魂，至少也拥有意识。今天我们知道，动物可能拥有比我们之前以为的复杂得多的意识状态。研究表明，大部分动物，包括鱼类，都有痛觉。不少迹象表明，很多动物也能体验到跟我们人类非常接近的害怕、悲伤、对幼崽的怜爱、羞耻、后悔、感激等感觉，以及某种我们可以称之为爱情的感情。

此外，有些动物，比如灵长类动物和乌鸦，可以执行高级的心理任务，能学习跟同物种的动物及其他物种的动物进行交流和沟通，能想象未来的样子，能放弃当前的利益以换取未来更大的利益。我们在历史进程中构建起了许多区分人类与动物的关键标准：意识、个性、对工具的使用、未来的概念、抽象思维、解决问题的能力、语言、游戏、文化、感觉悲伤和失落的能力、害怕或者爱；所有这些标准至少都是值得商榷的，通常都不足以证明什么，有时则是完全错误的。从某种意义上说，人与动物的界限其实已经不复存在了。一只被放到镜子前的乌鸦，知道它在镜子里看到的是自己，这意味着，无论它是否真的知道自己是什么，至少它对自己的存在是有意识的。

所以鳗鱼是有意识的，至少在某种程度上是。但是它们能意识到自己的存在吗？如果能的话，它们感觉到的是什么？通过一次次蜕变，通过等待和迁徙，它们感受到了什么？它们会觉得无聊、不耐烦，或孤独吗？当最后的秋天到来时，当它们的身体发生改变，变得强壮，变成银灰色时，当某种巨大的无法解释的东西吸引它们游向大西洋时，鳗鱼感觉到了什么？是渴望吗？是一种未完成的感觉，还是对死亡的焦虑？身为一条鳗鱼，到底是怎样的一种体验？

蕾切尔·卡森对鳗鱼做了拟人化处理，使我们能够更好地了解它们，也使我们能够通过对鳗鱼经历的想象更好地理解它们的行为。但这意味着我们真能理解鳗鱼自己的体验吗？

　　这个问题在最近几十年里变得越来越关键。哲学家托马斯·纳格尔（Thomas Nagel）1974 年就意识哲学问题写了一篇著名的文章，他用的标题是《身为蝙蝠是一种什么体验？》。他对这个看似简单的问题给了一个很短的回答：其实我们是无法知晓的。

　　所有的动物当然都有意识，纳格尔说。意识首先是一种状态。它是对世界的一种主观体验，是感官对我们周围事物的一种叙事。但一个人终究无法完全理解一只蝙蝠的感受，或者一条鳗鱼、一种来自外太空的潜在动物的感受。我们作为人的经验，也限制了我们想象别的意识状态的能力。

　　蝙蝠所处的意识状态显然与人完全不同。它们主要通过回声来感知世界。我们知道这一点得感谢意大利科学家拉扎罗·斯帕兰扎尼——他不仅跟 E.T.A. 霍夫曼的短篇小说《沙人》中的那位神秘教授同名，还徒劳地探寻过鳗鱼繁殖的真相。18 世纪 90 年代初，斯帕兰扎尼用蝙蝠进行了一系列开创性的实验，通过那些实验他得以确定，蝙蝠在漆黑的房间里可以毫无阻碍地飞行而不会撞到东西。他还抓来大量蝙蝠，除去它们的眼睛后将它们放生。几天后他抓回一些被他除去眼睛的蝙蝠并对它们进行解剖，发现它们的肚子里全是新捕食的昆虫。也就是说，蝙蝠在完全不用视力的情况下既能捕食也能导航。因此，斯帕兰扎尼认为，蝙蝠一定是用听觉生活的。

　　所以一只蝙蝠在夜里飞过一条小溪，基本上什么都看不见，但会发出一种很快的、频率很高的声音，声音会从蝙蝠周围的物体表面和动物身上反弹回来。蝙蝠会对这些声音的回声加以处理和解读，并据此建立一幅关于这个世界的极其详细的图像。多亏了这种能力，蝙蝠在完全黑暗的环境下能以极快的速度穿过树枝而不会发生碰撞。它们甚至能从飞蛾翅膀反弹回来的声音，区分出不同的飞蛾。蝙蝠遇到的所有东西都有自己的回声模式，蝙蝠正是用这些模式来感知周围的情况的。在它们这里，世界的图像是由一种持续的回声流构成的；通过这些回声，蝙蝠对世界的感知也就形成了。

人的意识则完全不同，如果我们试图去想象身为一只蝙蝠到底是一种什么感觉，那么根据纳格尔的观点，我们的意识恰恰限制了我们。

我试着想象拥有翅膀和很差的视力是什么感觉，用嘴捕食昆虫、在夜里飞过一条小溪是什么感觉，但这些是不够的。我试着想象发出声音信号并捕捉它们的回声是什么感觉，但这也是不够的。"无论我想得多远（其实并没有多远），"纳格尔写道，"它都只能告诉我，如果我像一只蝙蝠那样行动，我会有什么感觉。但问题不是这个。我想知道的是，对蝙蝠来说，身为一只蝙蝠是什么感觉。当我试着去想象这个情景的时候，我受到了自己感官的限制。"

此外，纳格尔说，这个问题并不局限于人类与动物之间的关系。比如，一个有听觉的人，如何去想象一个天生的聋人是怎样感知世界的？一个能看见的人，如何向一个天生的盲人解释一幅图画？

托马斯·纳格尔拒绝接受的是所谓的简化论，即复杂的概念可以用更简单的概念来解释和理解。比如，认为我们可以通过研究和描述在动物大脑中发生的物理反应或化学反应过程来理解其想法。简化论试图用小的事物来解释大的事物，认为整体是由较小的部分组成的，每一个较小的部分都可以被解释和理解，也就让整体能够被我们理解。

然而这是不够的，纳格尔认为。关于意识，有些状态是我们无法了解的，并将永远无法了解，即便人类这个物种能永远生存下去。有些事情我们永远无法明白，无论是关于蝙蝠还是鳗鱼。我们可以了解它们从哪里来，它们是怎样活动、怎样导航的，我们可以了解它们，几乎就像我们了解人类一样。但是我们永远无法完全明白，身为它们是什么感觉。

这是一种符合逻辑的看待世界的态度，不管从什么角度来判断，都是完全正确的。不过我们还是愿意认为，蕾切尔·卡森确实成功地达到了一种本不可能达到的理解程度。这种理解不是通过简化论、经验主义或者科学界对显微镜下显现的真相的传统信仰实现的，而是通过对人类独有的能力——想象力——的信任实现的。

一

　　这个童话是这样的：有一个捕获了一条鳗鱼的男孩，他叫塞缪尔·尼尔松，8岁。那一年是1859年。

　　那条被捕获的鳗鱼并不是特别大，被塞缪尔·尼尔松放到了家里——斯科讷省东南部布兰特维克一个庄园——的一口井中。井上还盖了一个很重的石头盖子。

　　后来这条鳗鱼就生活在那里，生活在黑暗和孤独中，靠吃偶尔掉进水里的蚯蚓和昆虫为生，与世隔绝，不仅脱离了海洋，看不到天空和星星，还被剥夺了存在的意义：回家——回马尾藻海完成生命的旅行。

　　这条鳗鱼继续活着，而它周围的一切都消失了。它继续活着，到了19世纪末，跟它同代的伙伴们变得强壮而光亮，出发去马尾藻海繁殖并在那里死去。而它继续活着，塞缪尔·尼尔松则长大成人，变老，死去。它仍然继续活着，而塞缪尔·尼尔松的孩子也经历了从长大到死亡的过程。还有他的子子孙孙。

　　这条鳗鱼变得非常老，以至于后来它出了名。人们从远方赶来朝井里看，就为了有机会看上它一眼。它成了跟过去的一个活着的联系。一条被夺走了生命的意义，但又通过欺骗死神来实施报复的鳗鱼。它甚至有可能是长生不死的？

　　把这个称为童话其实既不准确也不公平。布兰特维克的井里真的存在过一条鳗鱼，这是肯定的。它在那里存在了很久，无论从什么角度来判断都是真的。只有关于塞缪尔·尼尔松的那一小部分有点难以证实。布兰特维克的这条鳗鱼在井里具体活了多久，我们无法肯定地说上来。

但不管怎样，还是有一些人做了尝试。2009 年，瑞典电视节目《在大自然中央》造访了布兰特维克的那个庄园。根据传说，那时这条鳗鱼应该已经 150 岁了，通过记录它的存在，人们希望至少能让它的某些方面从传说变为现实。

这成了瑞典自然电视节目界最具戏剧性的几分钟。费了好一番功夫，摄制组将那块四方形的大石头井盖移到了一旁，往井中看去。这口井只有四五米深，周围是用大石块砌的防渗壁。那条鳗鱼自然没有现身。他们弄来一个水泵，将井里的水全部抽干。鳗鱼没有出现。节目主持人马丁·埃姆特纳斯（Martin Emtenäs）爬了下去，在水不断流回井里的同时，徒手在石块的缝隙里搜寻。鳗鱼还是没有现身。

正当人们打算就此放弃，把巨大的石头井盖搬回原地的时候，突然，他们在井底的脏水中看到有东西在动。马丁·埃姆特纳斯重新爬了下去，想看看那是什么东西。

那条鳗鱼，他们最终成功弄上来的那条神秘的布兰特维克鳗鱼，是一只非常奇怪的动物。它很小，身长 53.3 厘米，又细又白，却长着异常巨大的眼睛。它身上所有的部分都为了适应又窄又黑的井中生活而缩小了，而眼睛却比普通的鳗鱼大好几倍。仿佛它在努力弥补自己所缺失的光。当它游到井边的草地上时，看起来就像是陌生世界的来客。黑暗和孤独的生活在它身上留下了如此悲惨的印记。来到阳光下，跟其他同类相比，它显得如此怪异和不同。

"布兰特维克鳗鱼的神话极有可能是真的。"主持人马丁·埃姆特纳斯事后说。它也许真有 150 岁。节目组的工作人员可能觉得，这条鳗鱼在那种条件下度过了一个半世纪，这时候如果要把让它成功骗过死神这么多年的秩序打乱，可能有点过分。在做了测量和研究之后，他们重新把它放回了井里，放回了似乎专为它能活得比我们所有人都长而设置的黑暗之中。

布兰特维克鳗鱼又继续活了一段时间，但最后，它终于还是放弃了。2014 年 8 月，井的主人发现那条鳗鱼已经死了。如果我们选择相信传说，那时它已经至少 155 岁了。它的遗骸被送去斯德哥尔摩的淡水实验室，在那里，人们希望能通过数耳石（内耳上的一种结晶）上的年轮，最终确定这条鳗鱼到底多少岁。

然而人们没有找到耳石，这块极小的晶体也许在尸体腐烂的时候消失了。人们把井底的泥沙挖出来筛查，但还是没有任何耳石的踪影。尽管这条鳗鱼再也骗不了死神了，但它用某种方式最后一次欺骗了人类。

不管布兰特维克鳗鱼的故事有多少是真的，鳗鱼的寿命可以非常长，这终究是一个事实。人们确切知道年龄的最老的一条鳗鱼，是 1863 年一个叫弗里茨·内茨勒（Fritz Netzler）的 12 岁男孩在赫尔辛堡捕获的。当时这条鳗鱼才几岁，又小又细，身长不到 40 厘米。它刚刚经历了漫长的旅行，从马尾藻海游到这里。它已经蜕变了，从玻璃鳗变成了黄鳗，游进了厄勒海峡，到了一条当时径直流过赫尔辛堡市中心的一片公园的"健康溪"里。在那里，这条鳗鱼还没来得及游出几百米远，就被弗里茨·内茨勒抓住了。弗里茨给这条鳗鱼取名为普特，把它养在赫尔辛堡公寓家中的一个小水族箱里。它在那里生长，却没有长大。一年又一年过去，这条鳗鱼仍然停留在幼年状态，还是那么细，身长不到 40 厘米。

当弗里茨·内茨勒的父亲——他也叫弗里茨，是赫尔辛堡城里的医生——去世的时候，普特大约 20 岁，它与它的发现者分开了一段时间。普特被放在水族箱里，运去了别的地方，辗转于赫尔辛堡的多户人家之间。这条鳗鱼可能还在隆德住过一段时间。

1899 年当它被运回小弗里茨·内茨勒家的时候，它已近 40 岁了，这时小弗里茨已成年，跟他父亲一样当了医生。它仍然很细，不到 40 厘米长，在小小的水族箱和昏暗的房间里度过那么多年后，它的眼睛就像布兰特维克的那条鳗鱼一样，大得不成比例。据说它会吃弗里茨喂给它的东西：肉或鱼；它最喜欢的是切成小块的牛肝。

慢慢地，这条鳗鱼的寿命也超过了它的捕获者。1929 年小弗里茨·内茨勒去世的时候，普特也接近 70 岁了。在赫尔辛堡的另一户人家又待了几年之后，这条鳗鱼最后被送到了赫尔辛堡博物馆。普特就是在那里死去的，据计算，它活了 88 岁。那一年是 1948 年。

如今普特被做成标本，保存在赫尔辛堡博物馆的库房里。根据博物馆的目录，这件藏品叫"带盖水族箱里的鳗鱼普特，内含保存鳗鱼尸体的液体以及石头"。这个水族箱宽约 50 厘米。被制成标本的普特本身小于 38 厘米。

鳗鱼普特活到了近 90 岁，但如果参照人类，它只能被视为一个十几岁的少年。因为跟布兰特维克的那条鳗鱼一样，普特不仅一辈子都停留在非常小的状态，而且它也始终没能经历最后的蜕变，没能成为一条性成熟的银鳗。这让我们看到了鳗鱼问题的另一个谜：鳗鱼是怎么知道什么时候该进行蜕变的？它们是怎么知道生命开始走向终点、马尾藻海在召唤它们的？是什么样的声音在对它们说该出发了？

这应该不只是偶然。因为不管鳗鱼可以活到多少岁，似乎在某种意义上都能让自己的年龄悬停在某个阶段。如果情况需要，它们会把最后的蜕变无限地推迟。如果一条鳗鱼的自由受到了限制，不能前往马尾藻海，它也不会进行最后的蜕变，不会让自己变成银鳗，不会性成熟。它会转而等待，十年复十年耐心地等待，直到时机突然出现，或者生命之气最终枯萎。如果生活没有像它们想象的那样发展，它们似乎可以让一切暂停，将死亡的时间推迟，几乎可以想推迟多久就推迟多久。

20世纪80年代在爱尔兰进行过一项研究，人们抓来大量性成熟的银鳗。人们发现这些鱼的年龄——它们正去往马尾藻海，因此处在生命的最后阶段——差别非常大。最年轻的只有8岁，最老的足有57岁。它们都处在同样的发展阶段，可以说都处在同样的相对年龄。尽管如此，最老的鳗鱼的年龄仍然可以是最年轻的鳗鱼的7倍。

人们不禁要问：这样一种动物是怎样感知时间的？

对人类来说，对时间的感知是跟衰老无情地联系在一起的，衰老遵循的是一条大体上可以预测的时间轴。人类不会经历真正意义上的蜕变，我们会有所改变，但我们还是本来的样子。健康状况当然会因人而异，我们可能会遭遇疾病或灾祸，但通常能大致知道什么时候将会进入生命的新阶段，我们的生物钟相对来说是比较稳定的，我们知道自己什么时候年轻，什么时候衰老。

鳗鱼却不一样，每一次蜕变，它们都会变成另一种形态。它们的生命历程里的每一个阶段都可以根据它们所处的地方和情况被延长或者缩短。它们的衰老似乎不是跟时间本身联系在一起的，而是另有原委。

这样的一种动物是否将时间感知为一个流逝的过程，或者更像一种状态？它会不会有一种自己的计时方式，跟我们不一样的方式？也许是一种海洋的计时方式？

蕾切尔·卡森认为，在大海中，在鳗鱼繁殖和死亡的大海深处，时间的流逝跟我们这里不同。在那里，时间超越了它的效用，与现实的经验也不再相关。在那里，我们通常的衡量时间的尺度不存在了。那里没有白天也没有黑夜，没有冬天也没有夏天，一切仿佛按照自己的节奏发生。她在《海风下》这本书里讲到马尾藻海深深的海底，在那里"变化发生得非常缓慢，日子一年又一年没有意义地流逝，季节变得毫无意义"。她在《环绕我们的海洋》中写过，在一个星空晴朗的夜晚穿过浩瀚的海洋，看着那遥远的地平线，感觉时间和空间似乎都没有尽头。"在陆地上我们永远不会有如此真实的感觉：我们生活的世界是一个水的世界，一个大部分面积被海洋覆盖的星球，大陆只是暂时从海洋中冒出来，早晚都会重新消失。"

人们所知活得最久的动物来自海洋。"明蚌"，一只 2006 年在冰岛海域钓起来的蚌，被认为至少有 507 岁了。科学家们估计它出生于 1499 年，比哥伦布发现美洲晚几年，当时的中国还处在明朝。若不是科学家们努力确定这只蚌的年龄时不小心把它弄死了，没有人知道它还能继续活多久。在太平洋里，在中国以东的地方，生活着一种叫六射海绵的海绵动物，它们的寿命被认为可以超过 1.1 万年。在地球转动或者日出日落对生命不产生影响的海底，衰老遵循的似乎是另一种法则。如果真有什么东西是永恒的，或者接近永恒的，那么发现它们的地方就应该是在海里。

不，鳗鱼也许不是永生的，但接近于永生，如果我们允许自己对它们进行拟人化处理，那么就势必要考虑它们是如何打发这么多时间的。绝大部分人会说，单调乏味的时间是最糟糕的。无聊和等待最难以忍受，当我们感到无聊时，时间是如此具有存在感，如此顽固。光是想想要在一口黑暗的井里孤独地待上 150 年，几乎所有感官体验都被剥夺，我们就会忍不住打一个寒噤。当没有事情和体验能转移我们对时间的注意力时，时间就成了一个怪物，一个让人无法忍受的东西。

我把独自待在黑暗中的 150 年想象成一个醒着的永夜。那是这样的夜晚：我们可以感觉到每一秒钟接着上一秒钟，仿佛一幅缓慢而永不完结的拼图。我试着想象在这样一个夜里，自己能完全意识到时间的存在，却无法用任何方式去影响它，我将会多么烦躁。

对鳗鱼来说，情况却完全不一样。动物也许不会像人类一样感到无聊。动物对时间没有这种具体的感知，它们无法理解从秒变成分钟，从分钟变成年，再变成一辈子的过程。一条鳗鱼也许不会因为什么事情都没发生而感到不耐烦。

不过，还有另外一种不耐烦，可能与鳗鱼的情况相关。那就是当我们因为无法做想做的事情而不得不去忍受缺乏成就感时的那种不耐烦。

当我思考布兰特维克鳗鱼的时候，想到的正是这一点。就算它活到了 155 岁，无论它把死亡推迟到多晚，它仍然来不及完成自己预先设定的旅行，去让自己的存在变得完整。它跨越了所有障碍，活得比周围所有人都久，它成功地将这种漫长、无望的生活——从出生到死亡——延长到了一个半世纪，可是它仍然无法回到马尾藻海的家。客观条件将它困在一个永远在等待的生活中。

从中我们可以看到，时间是一个不可信赖的伙伴，无论每一秒显得多么漫长，生命都会在转眼间结束：我们出生，有自己的起源和传承，尽全力去摆脱这种预先设定好的命运；也许我们成功了，但很快就会发现，我们必须一路回到那个来处；如果不能到达那里，我们就永远不能真正地完成自己。就这样，我们顿悟了，仿佛一辈子都生活在一口黑暗的井中，对于自己到底是谁一无所知。然后突然有一天，一切都晚了。

14 设置鳗鱼陷阱

我们——爸爸、妈妈、姐姐、妹妹和我——住在一栋白砖建造的别墅里。我们有车库、草坪、果树，以及一个妈妈和爸爸用来种西红柿的温室。我们有自己的卧室，一间带浴缸的浴室，一个不小的厨房和一间起居室。起居室的墙上挂着画，但从来没有人在那里驻足。我们有一间带大沙发的电视房。我们有一个地下室，里面有洗衣房和锅炉房。院子里有一块地，种着土豆、胡萝卜和草莓，还有一片可以挖出蚯蚓的肥堆。我们有一张乒乓球桌、一架纺车和一台额外的冰箱。我们有一台家酿蒸馏装置，大约每隔一个月它就会发出突突的声音，让整个房子都弥漫着浓郁的麦芽浆香气。我们有一棵苹果树和一棵李子树，它们并排站在那里，正好构成了一个足球球门。我们有一个沙坑和一间阳光房，下雨的时候塑料房顶就像机关枪一样发出啪嗒啪嗒的声响。我们住在一条街上，这里所有的房子都是同时期建造的。邻居们有屠夫、养猪户、物业管理员和卡车司机，到处都是孩子。我们很普通。我们真的很普通。普通是唯一让我们显得特别的地方。

我很早就明白，爸爸妈妈为他们自己和我们安排的生活，并非提前就设定好的。他俩都来自别的地方，只是恰好来到了此处，是一场事件将许多像他们那样的人带到这里，那一事件在短短 30 年里几乎改变了一切。这并非个人的阶层上升，而是一次集体的阶层流动。30 年的社会改革让工人阶层，至少是工人阶层的一部分，从农民工棚和拥挤的公寓搬到了带有车库、汽车、果树和温室的独立的房子里。这是一场海流一般强大的运动。

爸爸出生于 1947 年夏天。他的母亲，也就是我的祖母，当时 20 岁，已经工作了 6 年多。在人民学校上了 7 年学后，她先是接受了坚信礼，然后 14 岁就去当女佣。接受完坚信礼的那天早晨，她骑车去做第一份工作。那辆自行车是她通过分期付款买来的，每个月付 10 克朗。她的工钱是 25 克朗。

她和她的父母以及 5 个兄弟姐妹住在一起。她的父母都是农业工人——他们通过订立雇佣合同以实物的方式获得报酬，是一种被美化了的农奴制。他们住在一栋典型的三间式农民工棚里：一间厨房；一间睡了 8 个人的卧室，每张床上睡两个人；一间平时不能进去、只有重要时刻才能用的客厅。工棚外面还有露天茅房、烧柴火的炉子和透风的窗户。她的父亲很粗暴。他们是没有财产的人，即便在 1945 年农业工人体系被废除后，他们仍然住在那里，生活和工作条件基本上没有变化。农业工人知道自己应该待在什么地方。农业工人的孩子也知道。

祖母有一种简单而不张扬的美，她常常带着微笑，有一双害羞的眼睛，里面含着一丝忧伤。十几岁的年纪，她在 10 多个不同的家庭里当过女佣。洗碗、打扫灰尘、接受教育，从早上 7 点到晚上 7 点。每周在周日及另外一个下午休息。她独自睡在一间女佣房里，但是她很不适应，对当保姆不适应，对住在别人家不适应，对被人骂、被蔑视、低人一等不适应。她总是想家，想兄弟姐妹，想回到童年。

爸爸快出生的时候，祖母搬回家里，那一年秋天她在城里的橡胶厂得到一份工作。与做女佣相比，她更喜欢工厂的工作，不过她还得独自负责照看一个小孩。她得到两个月的产假，此后不得不去上班。白天得由她的父母和妹妹们照顾我的爸爸。

爸爸 7 岁的时候，他们搬家了。爸爸和祖母搬到了小溪斜坡上的那个庄园。那是祖父的庄园。

这是一处提供给牧师的住所，由教会出租，包括猪、田地，以及一个由祖母打理的花园。爸爸一开始学着在庄园里帮忙，不过他还喜欢拳击和玩弹弓。他跑过田野来到小溪旁，在那段急流上游的溪水里学游泳。他去上学，对历史和自然科学感兴趣，不过后来辍学了。他开始工作，为屠宰场开运猪的车。后来他去当兵，遇到了妈妈，得到了铺路的工作，一干就是一辈子。

就在爸爸长大成人的那些年，瑞典引入了提供全民儿童补助、工资补助和职业养老金的政策。人们开始缴纳个人所得税。他们扩大了医疗保障、生育保障、儿童关怀和老年人看护的覆盖范围；对社会财富进行了再分配。两周的假期变成了四周。他们把很大一部分社会保障的责任从家庭或家族转移给了社会和国家。他们让一个铺路工人和一个家庭主妇——我的爸爸和妈妈——有机会过上一种跟旧时代工人阶层熟悉的生活截然不同的生活。

爸爸和妈妈的这场旅行自然不是被事先设定好的，但这也并非偶然。强大的力量一直在发挥作用。他们就是海流中的柳叶鳗。他们游过了一整片海洋，但其实根本没有动。

姐姐出生的时候，爸爸20岁，妈妈17岁。短短几年后，他们从银行贷了款，用白砖建了一栋别墅。

一天下午，爸爸在房前的草坪上摆出了一个用金属圈和网做的细长奇怪的东西。

"这是一个捕鳗网兜，"爸爸说，"是我买来的。"

我不知道他是从谁那里买来的，但不管怎样，它已经不新了，网上有好几个大洞，我们用强力纱线把它们补好。不过网兜看起来还是很结实的。它有四五米长，其中一端非常宽，另一端收窄成一个尖尖。开口处有两个网做的耳朵，可以向两边拉伸出去，这样网兜就至少可以达到3米宽。我脑海中浮现出它在小溪的水面下张开，把所有被溪水冲过来的东西一网打尽的情景。里面一定会装满鱼。这跟用钓鱼线或者无钩法捕钓完全不是一回事。这是一种颠覆了权力平衡的方式。用了捕鳗网兜后，我们将不再只是这条小溪生生不息的周期中谦逊的临时访客，我们将成为拥有几乎至高权力的人。这就好像我们直接干预了万物的根本秩序。

我们吃了晚饭，爸爸往嘴里塞了点鼻烟，然后我们坐进车里，趁天还亮着出发去溪边。我们沿着宽宽的车轮印子一步一滑地开下斜坡，停在那棵柳树旁。一连下了好几天雨，溪水很满，比平时宽了两三米。水漫向各处，形成了几处积水的洼地，一些孤零零的野草在水面上露着头。

柳树旁停着那艘小木船，它在那里摇摇摆摆，像一头被抓住的动物在拉扯拴住它的链条。爸爸一动不动地站在那里，审视着比平时流得更快更凶的混浊溪水。"见鬼，怎么漫得这么高，"他说着，往草丛里吐了口唾沫，"好吧，我们还是试一下吧。"

我们带来了两根长木杆，还有一根略短一点的。我们把它们和捕鳗网兜扔到船上，把船解了开来。

"我来划吗？"我问。

"不，我来划，"他说，"你来架杆子。"

他往溪中划了一小段，然后转向水流过来的方向，逆流划了起来，离开那段急流。他划桨的时候，桨跟船接触的地方发出嘎吱嘎吱的响声。每划一下，溪流就会冲上来，让船头高高翘起。他收桨的时候，整个身子都会后仰，嘴里嘀嘀咕咕地骂着什么。

划出大约 90 米后，他把桨几乎竖起来插入水中，用胳膊撑住，试图用这种方式将船稳住。船一会儿往左边倾斜，一会儿往右边倾斜，仿佛在努力挣脱一般。爸爸有节奏地撑着桨，来抵挡船的晃动。

"拿那根长的杆子，把它插到水底。"爸爸急切地朝一旁努努嘴说。我摸索着拿到杆子，把尖的一头插入水中，用尽全身力气把它插到溪底的淤泥里。船转起了圈，仿佛要把我甩出去一样。我拿起大锤轻轻敲了几下。棕色的脏水溅到了我的脸上。

当我终于把两根长杆子都插到溪底，把网兜开口处的两只耳朵系到杆子上的时候，我们俩身上都湿了，沾满了泥浆。爸爸脸上泛着光，呼吸声很重。他把撑在溪底的桨松开了，让船滑出几米，我顺利地将那根短杆子也固定好，把网兜尖的那一头系在上面。网兜在我们面前张开了，藏在混浊的水下，而网口则位于汹涌的溪流正中央，整个网兜就像水面下的一个秘密的房间。

爸爸叹了一口气，松开了撑在溪底的桨，让船再一次顺着溪流往下漂。他往水里吐了口唾沫，看着那两根长杆子，它们立在水面上，就像一艘正在沉没的船上的两根桅杆。

"如果我们这样还抓不到鳗鱼，那可真见鬼。"

这天夜里，我脑海里想着鳗鱼的画面睡着了。大群大群的鳗鱼，闪着黄色和棕色的光泽，缠绕在我的脚上。我看见它们张大嘴巴冲着我，大口大口地吸气，仿佛爬向光明那样努力地往我的腿上爬。它们的眼睛就像黑色的纽扣。

　　早晨的时候，水已经退去了一点。爸爸双手拿着桨，观察溪里的状况。水流似乎平静了一些，水更清了，他不需要用非常大的力气就能让船转向来水的方向，朝网兜那里划去。

　　然而远远地我们就发现有什么不对劲了。一根长杆子半倒在水里，另一根则干脆消失了。整个网兜挂了下来，掉了个头，宽的网口现在顺着溪流的方向，而不是迎着来水的方向，只有系在短杆子上的那一头还没有掉。

　　"该死！"爸爸说。

　　他把船划向短的那根杆子。网兜在水里晃来晃去，我把杆子从溪底拔了起来，把湿漉漉的网兜收了下来。它冷冰冰的，上面盖满了墨绿色的植物。水流到了我的裤子上，我的手有点麻。爸爸一言不发地放下桨，接过网兜，把上面的树枝和大团大团亮晶晶的水草扔到船舷外，把整个网兜叠成一堆，放在我俩中间。

　　直到这时我才看见它。在网兜最深处的细尖上，有一条鳗鱼在悠闲地扭来扭去，隐隐地藏在水草里面。它很小，就像一条蛇蜥一样，不到20厘米长，很细，有着小小的黑色眼珠。我觉得它应该可以从网眼里钻出去。

　　不用说，它太小了，留着也没什么用，但我们还是把它放进桶里。

　　"我想把它带回家。"我说。

　　"你要它做什么用？"爸爸说，"它太小了，没法吃。最好还是让它自己长大。"

"我可以把它放在水族箱里，就是地下室里的那个水族箱。"我说。

爸爸笑着摇了摇头。"一条宠物鳗鱼……"

回到家，我把水族箱搬到了自己的房间里。它很小，可能只有半米宽，我在底部铺上沙子，放了一块大石头，往里面装满水。我把鳗鱼放了进去，它几乎动都没动一下就沉到了箱底，安安静静地待在那块石头后面。

它始终都没有名字。接下来的几周，它只是待在那块石头后面。我坐在水族箱前，透过玻璃盯着它，等着它动起来，等着发生什么，等着能突然间从它看似死了的黑眼睛里发现什么。我试着喂它食物，把小昆虫和蚯蚓放进水里，但它没有反应。只是待在石头后面，仿佛冬眠了一般，时间在它身上仿佛停止了。

我试着想象当它透过玻璃往外看的时候看到了什么，感受到了什么。它害怕吗？它是不是在装死？它是不是以为离开了原先的环境就是世界末日了？也许它想象了另外一种生活，一种有别于它现在处境的生活？

一个月后，我仍然没有看到这条鳗鱼动过。它继续一动不动地待在那块石头后面。只有那小小的鳃在脑袋旁边小心翼翼地动着。水变得混浊起来，发出腐败的臭气。

"它不吃东西，"我对爸爸说，"它会饿死的。"

"它需要吃的时候会吃的。"

"可是它都不动。我觉得它快死了。"

　　几天后爸爸走进我的房间，来看那个水族箱。他看见混浊的水和躲在石头后面的鳗鱼，皱了皱眉，摇了摇头。

　　"不，这样是没有意义的。"

　　这天傍晚，我们开车来到溪边。我把水桶从车里抬出来，走下斜坡。我在那棵柳树旁把桶放了下来，捞起那条鳗鱼。它冷冰冰的，没有活力。我把手浸到水里，松开了鳗鱼。一开始我和它都一动不动。然后这条鳗鱼动了起来。它的身体缓缓地来回扭动，以轻柔的动作游向溪水深处的黑暗之中，消失不见了。

15 漫长的回家之旅

一条银闪闪的肥硕的鳗鱼游进大海，开启游向马尾藻海的终极旅行。它是怎么知道它该去哪里的？它是如何找到那里的？

关于鳗鱼，我们可以提一些老生常谈的问题，因为就算是老生常谈的问题，也并非都有答案。我们还是可以对此表示欢迎。知识终究有它的边界，对此我们应该感到高兴。这样说不仅是一种防御机制，也能让人类体会到世界是一个难以理解的地方。神秘的东西自有其吸引力。

当我们说，我们知道鳗鱼是在马尾藻海繁殖的时候，这到底是什么意思呢？我们的意思是，我们有比较充分的理由猜测是这么回事，因为约翰内斯·施密特花了18年时间在大西洋上来来回回航行，钓到了幼小透明的柳叶鳗。我们选择相信约翰内斯·施密特所做的工作，相信他的观测和结论。我们相信那些完全成年的银鳗经过漫长的旅行一路游到马尾藻海去产卵，相信它们只会在那里繁殖，相信它们中没有哪个活着离开那里。我们相信这些，因为所有证据都指向这个，因为没有人能提出其他合理的说法。我们甚至可以说，我们知道就是这么回事。"我们知道它们寻找的目的地是哪里。"约翰内斯·施密特这样写道。在浩瀚的大海上航行了那么多年后，他一定觉得自己有用信仰代替知识的权利。

但在这种情况下，知识是在限定条件下才成立的。当我们说，我们知道鳗鱼是在那里繁殖的时候，我们所信任的，不只是观测，还有一部分假设。对想了解确定答案的人来说，这自然是一个问题。如果我们想要搞得明明白白——有科学精神的人通常都希望这样，那么知识就不是一个程度性的问题，而是非此即彼的。我们要么知道，要么不知道。在这一点上，自然科学比哲学或者精神分析更为严格。诸如生物学和动物学这样的科学有充分的理由遵循这一原则，即世界的维度应该是依赖于经验的，知识需要通过观察获得。

在某种程度上，亚里士多德的幽灵仍然笼罩着我们。所有的知识必须出自经验。事实必须如同它在我们感官中呈现的那样被忠实描述。只有我们真正看到的东西，我们才能确定地说是真实的。这是关于人类如何获取知识的一种观点。这种观点留存下来，因为它符合逻辑，也因为它带着一种承诺。在我们获得知识之前，我们只拥有信仰，但是对有耐心的人来说，奖励早晚会等在前方。真相总会在显微镜下显现的。

当我们说我们知道鳗鱼的繁殖地是马尾藻海时，对于这种说法仍然存在着几个根本性的反驳意见：一、没有任何人见过两条鳗鱼交尾；二、从没有人在马尾藻海见过一条成年的鳗鱼。

这意味着鳗鱼问题在某种意义上仍然没有得到解决，真相仍然没有在显微镜下出现。不过对一部分对鳗鱼感兴趣的人来说，这种不确定性显然也构成了一种驱动力和吸引力。这个谜还等着被揭开，疑问还有待解答，但与此同时，这个谜本身就引起并维持了人们的兴趣。几个世纪以来，将鳗鱼问题视为未解之谜的人们，也在充满爱意地维护着这个谜。

当蕾切尔·卡森在她那本童话般的自然读物《海风下》中写到鳗鱼的时候，她停留在了这个仍然无法解释的神秘问题上。我们可以想象，作为自然科学家，她可能会对自己的无知感到沮丧，而实际上似乎正好相反。蕾切尔·卡森似乎被这种不确定性吸引了。她讲述鳗鱼及自然时，不仅是以一个科学家的身份，也是以一个人的身份。

关于银鳗去马尾藻海的漫长旅行，她是这么写的："退潮的时候，鳗鱼们离开了沼泽地，向大海游去。这天夜里，它们成群地经过灯塔，完成了长途旅行的第一阶段。当它们穿过海浪游进海里，便从人们的视线中消失了，也几乎逃出了人们的知识范围。"

亚里士多德、弗朗切斯科·雷迪、卡尔·冯·林奈、卡洛·蒙迪尼、乔瓦尼·巴蒂斯塔·格拉西、西格蒙得·弗洛伊德或者约翰内斯·施密特可能会表示抗议；他们也许永远无法接受一种动物真的在人类的知识范围之外。但是对蕾切尔·卡森来说，鳗鱼消失于神秘与隐蔽之处的画面，似乎透着某种简单的美丽。这是一种积极地避开人类理解的动物。仿佛它们就应该是这样的。"鳗鱼游向繁殖地的故事藏在大海的怀抱中，"她写道，"没有人能够发现鳗鱼旅途的路径。"对她来说，鳗鱼问题——这个至今未解之谜——似乎是命中注定的，是永恒的。它似乎是一个超越了人类想象能力的谜，就像无限或者死亡一样。

格雷厄姆·斯威夫特的小说《水之乡》中的历史老师兼故事讲述者汤姆·克里克详细讲解鳗鱼时，也着迷于这种命中注定之谜的感觉：

> 好奇心永远不会给人带来安宁。即使在今天，当我们拥有那么多知识的时候，好奇心也无法弄清楚鳗鱼的出生和性活动。不过，也许有些秘密就是命中注定永远不为人知的。或者也许——这只是我的推测，在这个问题上我是被自己的好奇心牵着鼻子走的——世界就是这样构成的：当所有事情都被人们知道，当好奇心被消耗完的时候（好奇心万岁），世界也就走到尽头了。但即便我们弄明白了是怎么回事，弄明白了它们是什么东西，在什么地点和什么时间繁殖，就一定能知道为什么吗？为什么？为什么？

尽管人类做了那么多观察，做了那么多努力想把它弄明白，但是在鳗鱼的故事中仍然存在着空白地带。我们知道银鳗是在秋天出发的，通常是在 10 月到 12 月间的"鳗鱼之夜"。而幼小的柳叶鳗是春天出现在马尾藻海的，那些最小的幼鱼通常是在 2 月到 5 月间被捕获的。这意味着繁殖活动是在这段时间里发生的，而这限定了银鳗旅行的时间范围。它们最多有半年的时间抵达那里。

可是它们为什么偏偏要去马尾藻海，而且只去那里，这仍然是一个谜。很多动物都会为了繁殖进行迁徙，但很少有动物会像鳗鱼这样来一场如此漫长而艰辛的旅行，也不会如此执着于几千公里外的某一个地方，也不会一生只去一次，然后在那里死去。

有一些理论认为，只有马尾藻海的温度和盐度是最适宜鳗鱼繁殖的。还有一个事实是，在大陆板块开始漂移前，鳗鱼就已经存在了；最早的时候，鳗鱼的旅行可能要短并且简单得多。但随着时间的推移，大陆板块发生了改变，一点点地分离，而鳗鱼却拒绝做出改变。它们还是必须回到的出生地，准确地回到那个曾经的出发点。

最重要的是，它们是怎么去那里的，这仍然是一个谜。它们游的是哪一条路？它们是怎样找到那里的？它们又是怎样按时抵达的？一条鳗鱼如何能够在几个月内完成这七八千公里从欧洲的河流穿过深海来到大西洋另一端的旅行？

一个欧洲的研究团队对欧洲鳗鱼前往马尾藻海的旅行做了迄今为止最广泛的研究，2016 年他们发表了报告。在 5 年的时间里，共有 707 条银鳗被装上了电子发射器，然后从瑞典、法国、德国和爱尔兰各处被放归自然。

随着鳗鱼西行，发射器在海面上浮浮沉沉，满载着信息，科学家们就可以了解这场旅行的真实情况。

至少人们是这么设想的。然而只要一涉及鳗鱼，情况便总会跟人们想象的不太一样。在那 707 个发射器中，最后只有 206 个向研究人员发出了信号。而在这 206 条银鳗中，只有 87 条游得够远，传出的信息能够告诉我们这趟旅行的情况。

但不管怎样，得自 87 条银鳗的马尾藻海之旅的数据，还是比此前任何人能够得到的要多得多，研究结果也展示了这场每年发生的迁徙到底有多么复杂艰巨。人们首先可以确定，鳗鱼们没日没夜地游，它们似乎采用了一种深思熟虑的战略以躲避危险。白天它们在更暗、更冷的近千米深的水里前行。晚上，在夜色的保护下，它们升到离海面较近的比较温暖的水里。尽管如此，还是有大量鳗鱼在旅行早期就不见了。它们无影无踪地被大海吞没了，或者更具体地说，被鲨鱼或其他肉食鱼类吞没了。

人们还可以确定，并不是所有鳗鱼都显得那么匆忙。这趟马尾藻海之行至少在理论上是解释得通的。实验表明，一条以正常速度游动的鳗鱼，每秒可前行略超过半个身长的距离。一条游往马尾藻海的银鳗，不再需要捕食，也不再让其他事情使自己分心。它仅用身上的脂肪储备提供能量，就可以不停顿地游上半年。如果我们在地图上画一条线，从欧洲的某个地点到马尾藻海，估计它们最快要花多少时间才能最晚在5月前到达，那么鳗鱼的旅行是完全有可能实现的。这会是极为漫长和艰难的，但它们可以做到。

不过，这项研究中的很多鳗鱼，对自己需要付出怎样的投入，行程到底有多紧张似乎并没有意识。个别几条让人印象深刻的鳗鱼，平均每天可以完成近50公里的旅行，而另一些似乎连每天3公里都游不到。

此外，鳗鱼们选择的路径也五花八门。去往马尾藻海的路显然不止一条。比如，在瑞典西海岸被放生的鳗鱼主要选择一条北边的路径，穿过挪威海然后往西到大西洋的东北部。它们全都选了同一条路，只有一条鳗鱼进了大西洋后突然往东折去，然后彻底消失在了挪威的特隆赫姆沿岸的大海里。

在爱尔兰以南的凯尔特海和法国比斯开湾被放生的鳗鱼，则先往南游，然后向西拐弯。但其中有一条在摩洛哥以西的地方漫无目的地闲游了9个多月，然后一路游到了亚速尔群岛。

在德国的波罗的海沿岸被放生的鳗鱼，选择了略微不同的路径。有几条循着那些瑞典鳗鱼的轨迹往北游向挪威海，另一些则往南穿过英吉利海峡。但它们中没有一条最终抵达大西洋外海海域。

在法国地中海沿岸被放生的鳗鱼，都预料之中地往西游向了直布罗陀，但其中只有3条成功穿过海峡，一路游进了大西洋。

这个结果乍看起来有点随意。在地图上画出的鳗鱼活动轨迹令人费解，就像有人蒙着眼睛画出来的一个迷宫；就像一切都不是事先定好的，每一场旅行都是第一次一样。但至少有一件事是显而易见的：大部分鳗鱼都没能赶上它们的春季交尾活动。对绝大多数鳗鱼来说，回出生地的漫长旅行成了未竟之业。

无论是对鳗鱼还是对科学研究来说，这可能就像一种悲伤的命运。在被放生的那 707 条鳗鱼中，研究者没有追踪到一条成功回到了马尾藻海的鳗鱼。至于有没有鳗鱼抵达，人们不得而知。它们或早或晚全都消失在了大海深处，消失在了人类的知识范围之外，而装在它们身上的电子发射器则漂到了海面。

不过，这个研究团队通过他们的观测，还是有几个颇为了不起的新发现。最早的发现是，鳗鱼的迁徙可能比我们之前所猜测的要复杂得多，但至少我们能够解释一部分了。他们一开始观测到的轨迹似乎杂乱无章、不可预测，但一个模式慢慢地凸显出来。首先，很显然，鳗鱼前往目的地时很少选择一条较短的路径。它们的旅途轨迹不像鸟类或者飞机的线路。但后来似乎所有的欧洲鳗鱼都集中到了亚速尔群岛的某处——大约是半途的地方，然后再从那里一起往西游向马尾藻海。如果说这场旅行是在某种不确定性和困惑中开始的，那么后来它将变得越来越有目的性。

此外，研究人员还发现有另外一件事情让鳗鱼的迁徙变得更复杂。当我们拿出早前从马尾藻海捕获的柳叶鳗重新进行观察，比较它们的大小和生长速度时，我们可以确认，鳗鱼的交尾时间可能比我们目前所认为的早，很可能在 12 月就进行了。这就意味着，交尾时间跟最后一批银鳗从欧洲海岸出发的时间差不多。这让鳗鱼到底是怎样准时赶到交尾地点的问题变得更加难解了。

不过研究人员认为，对此现象的解释自然是，并非所有的鳗鱼都能及时赶上下一个交尾时机。对一部分鳗鱼来说，回马尾藻海的漫长旅途可能要持续更长的时间，所以鳗鱼们才要根据自己的条件来调整速度和路径。有些鳗鱼为了能在早春时节抵达马尾藻海拼尽全力游动，而另一些鳗鱼则要平静得多，它们转而等待来年的交尾时机。比如，一条从爱尔兰出发的鳗鱼可以径直往西游，在春天赶到目的地；而一条从波罗的海出发的鳗鱼的目标则是经过一年多后，在来年的 12 月才抵达。这不仅可以解释它们行为上的差异，也可以让那些看似没有规律的事情之间具有某种逻辑和关联。也许，很简单，每个鳗鱼个体不仅能力不同，抵达目的地的手段和方法也不同。也许它们回归自己出生地的目标是一致的，但没有一条鳗鱼的旅途跟其他鳗鱼是完全一样的。

不管怎样，那个同样适用于鳗鱼和人类的问题仍然没有答案：它们怎么知道哪条路能把它们带回出生地？它们是怎样回家的？

鳗鱼有特别的技能，让它们非常善于远距离导航，这一点我们很早就知道了。比如我们都知道，它们有着非凡的嗅觉。根据

20 世纪 70 年代写了权威著作《鳗鱼》的德国鳗鱼专家弗里德里希－威廉·特施（Friedrich-Wilhelm Tesch）的观点，鳗鱼的嗅觉几乎跟狗一样。特施说，在广阔的博登湖里放入一小滴玫瑰提取物，鳗鱼就能闻到香气。在穿越大西洋的漫长旅途中，鳗鱼很可能是用了某种香气来确定马尾藻海的位置或者至少是彼此的位置的。鳗鱼也可能对温度和盐度的变化十分敏感，这可以为它们判断该选哪条路提供线索。一些科学家认为，鳗鱼发达的磁场感应能力是导航的主要手段。大概就像蜜蜂和候鸟那样，它们能够感觉到地球的磁场，由此被导向某个目的地。

我们知道这个目的地是哪里。鳗鱼们不知何故也知道这一点。它们知道自己要去哪里，即便它们选择的路可能最曲折、最无法预测。但它们是怎样知道的，这是围绕鳗鱼问题至今未解的一个谜，是连科学家们都珍视的谜案。

而蕾切尔·卡森把鳗鱼这种遗传下来的对自己出生地的认知，描述成一种超越本能的东西。她在《海风下》中讲述了性成熟的成年鳗鱼是如何在某个秋天突然感觉到"一种想去一个温暖、黑暗的地方的模糊向往"的；讲述了鳗鱼在河流湖泊中生活很长的时间，"周围完全没有任何让它们联想到大海的东西"；现在却要出发去陌生的辽阔大海，寻找某种熟悉的东西，寻找某种它们能认出的东西，在"自它们出生时就熟悉的浩瀚海水漫长又奇特的节奏中"寻找一种归属感。

它们记得自己曾经是从哪里来的、现在要去哪里吗？它们记得当它们还是幼小透明的柳叶鳗时最初穿越大西洋的那趟旅行吗？不，也许不是人类意识意义上的"记得"，不同于我们所定义的记忆。不过当那个对 707 条鳗鱼的马尾藻海之旅进行跟踪研究的欧洲团队试图解释鳗鱼究竟是如何找回自己出生地的时候，他们所描述的仍然是一种记忆。

他们写道，看起来"鳗鱼们不是循着起源于那个地方的熟悉的气味线索，就是借助于在柳叶鳗阶段就深入它们身体的大海的气息进行导航的"。

他们的研究表明，鳗鱼穿越的距离越长，它们就越像是落入一个事先确定好的路径。它们似乎循着墨西哥湾暖流和北大西洋暖流游动，只不过方向是反的。仿佛当它们身为幼小透明的柳叶鳗从马尾藻海游到欧洲的时候，一个记忆、一张地图就已经被刻在了它们的身体里。这种记忆仿佛在鳗鱼们的身体中留存下来，经历了所有的蜕变，留存了 10 年、20 年、30 年甚至 50 年，直到有一天，时间终于到了，它们将迎着曾经载着自己的汹涌海流原路返回。

于是银鳗最终回到了自己的起源地，回到了马尾藻海，同时也消失在了人类的视线和知识范围之外。仍然没有人在马尾藻海见到过一条鳗鱼。

当然有人做过尝试。在约翰内斯·施密特20世纪初进行的多年考察之后，很多年都没有人再去马尾藻海寻找鳗鱼。这可能是因为施密特的工作太让人信服了，或许更是因为它太具震慑性了。不过在最近几十年里，去马尾藻海进行科学考察的船只又加快了速度，船上载着的是几位世界上最杰出的鳗鱼专家。他们此行是为了进一步了解鳗鱼的迁徙和繁殖的知识，对已有的理论进行确认或证伪；也是为了去发现至今还没有人发现的东西：一条在马尾藻海活着的鳗鱼。

1979年，德国海洋生物学家弗里德里希－威廉·特施带着两艘德国船做了一次大规模的考察，成果是一篇题为《1979马尾藻海鳗鱼考察》的文章。这次考察持续了整个春天，范围覆盖预想的繁殖地点的大部分区域。他们在交尾活动理论上应该发生的精确位置撒下渔网和拖网，然后跟施密特一样，捕捞起大量幼小的柳叶鳗。可除此之外，没有任何成年鳗鱼存在的迹象。他们从水里捞起7000多枚鱼卵，但进一步调查后发现，没有一枚是鳗鱼卵。他们自然也没有见到成年的活鳗鱼。

美国海洋生物学家詹姆斯·麦克利夫（James McCleave）是近30多年来世界首席鳗鱼专家之一。他的第一次海洋考察是在1974年与弗里德里希－威廉·特施共同完成的。1981年，他进行了第一次马尾藻海考察。此后他和他的研究团队又做了7次考察，用了一系列精密的方法，为了至少在马尾藻海里瞥见一条鳗鱼。詹姆斯·麦克利夫提出了一种理论：鳗鱼能在有温差的不同水域——所谓的前沿地区——准确地找到自己的交尾地点。他就是在那里捕到了最小的柳叶鳗样本，也是在那里，他积极地搜寻成年鳗鱼的踪迹。他在那些区域来来回回地航行，船上配备了先进的声学测量仪器，目的是捕捉深海里活鳗鱼身上传出的回声。他捕捉到了极有可能来自活鳗鱼的回声，但每一次当他把工具沉入海里去捕捞它们的时候，拉上来的渔网总是空空荡荡的。

在一次与海洋生物学同行盖尔·维佩尔豪泽（Gail Wippelhauser）一起进行的考察中，詹姆斯·麦克利夫试图用一种近乎恶毒的手段把害羞的鳗鱼从深海中吸引上来。他们事先抓来100条成年的雌性美洲鳗鱼，给它们注射激素，人为地使它们性成熟。他们计划把这些雌性鳗鱼带到考察地点，在马尾藻海的一个前沿地区中央将它们装在笼子里放出去，而这些笼子固定在浮标上。他们的想法是，这些雌性鳗鱼将起到诱饵的作用，会吸引那些游到马尾藻海交尾的雄性鳗鱼，迫使它们从隐秘的地方游出来。

可是鳗鱼们却极不愿意配合。研究人员将那些性成熟的雌性鳗鱼保存在一个实验室里，只待把它们送去迈阿密港口准备出发，可是船还没有离开码头，这些鳗鱼中的大部分就已经死了。当考察队终于来到马尾藻海时，这100条雌性鳗鱼中只有5条还活着了。

不管怎样，他们还是将这5条鳗鱼装在笼子里并且固定在了浮标上。麦克利夫和维佩尔豪泽在雷达的帮助下，日夜轮流跟踪那些浮标的动静。但不知怎么回事，他们还是跟丢了。那些鳗鱼，连带笼子和浮标都消失了，再也没有人见到。

在盖尔·维佩尔豪泽做的另一次考察中（詹姆斯·麦克利夫没有参与），人们用声学测量仪器成功捕捉到一种回声，大家认为是大海深处的一大群活鳗鱼传出的。他们赌上了一切，往水下放了至少6张渔网，可是连一条鳗鱼的影子都没见到。

还有一个奇怪的现象，研究人员不仅没能成功从马尾藻海钓起活鳗鱼，也从来没见过一条死的——不管是成了尸骸，还是成了被大型食肉鱼类捕获的食物。人们捕到过肚子里有银鳗的剑鱼和鲨鱼，但从来不是在马尾藻海附近。人们曾在亚速尔群岛外捕到过一条抹香鲸，它的肚子里有一条在游往繁殖地的路上被吃掉的银鳗，不过亚速尔群岛距离马尾藻海相当远。在它们的交尾地点，鳗鱼——不管是活的还是死的——迄今为止都避开了人类的视线。

对于在马尾藻海找到一条鳗鱼的意义到底有多大，大家有不同的看法。一部分科学家认为它并不重要，因为我们已经知道鳗鱼去那里了。另一些科学家认为，只要没有人在鳗鱼的繁殖地观测到它们，那么人类对鳗鱼生命周期的了解就还不够完善。对这些科学家来说，神秘莫测的鳗鱼是自然科学界的圣杯。

最近几十年里，包括詹姆斯·麦克利夫在内的一些科学家，开始提出另一个棘手的问题：由于我们无法追踪到所有银鳗回起源地的旅行——事实上，我们连一条银鳗都追踪不到，那我们真的能确定，鳗鱼们只在马尾藻海繁殖吗？约翰内斯·施密特花了近20年时间在那里找到了最小的柳叶鳗，可当时他也只搜寻了大洋极小的一部分区域。施密特自己在1922年写道，只要人们没有搜遍浩瀚海洋的所有区域，那么其实不能完全确定地说鳗鱼是在哪里交尾的，至少不能说所有的鳗鱼都是在某地交尾的。其实在此之后的所有鳗鱼考察，包括詹姆斯·麦克利夫做的，都集中在大家已经熟悉的马尾藻海海域。或许有一部分鳗鱼去了别的地方？这不太可能，可我们又怎么确定呢？

此外，马尾藻海很大。它是一整块大的交尾地，还是在其范围内存在着好几块分开的交尾地？美洲鳗鱼和欧洲鳗鱼是在同一片海域交尾的，还是不同的鳗鱼是在不同的地方交尾的？一部分科学家——弗里德里希-威廉·特施是其中之一——认为美洲鳗鱼在马尾藻海西部交尾，而欧洲鳗鱼是在偏东的海域，不过这两块海域有重叠的地方。另一些科学家认为，从收集到的各种柳叶鳗样本出发，是不能得出这样的结论的。我们确切知道的是，那些透明的小柳叶鳗——欧洲鳗和美洲鳗混杂在一起——离开了马尾藻海，无力地被强大的海流所裹挟。而它们的父母似乎都留在了马尾藻海，死去并且腐烂。

所以直到今天，世界顶级的动物学家和海洋生物学家，那些最了解鳗鱼的人，不得不对自己的报告和研究结果存疑。"我们觉得……""这些信息表明……""可以假设……"，通过不厌其烦地排除那些可能性较小的情况，研究人员在慢慢地接近真相。

　　比如，我们可以假设，在欧洲鳗鱼最近的表亲日本鳗鱼身上得到证实的真相，也可以在欧洲鳗鱼身上得到证实。而说到日本鳗鱼，鳗鱼问题中的那些经典问题其实就没有那么神秘了。

　　日本鳗鱼（Anguilla japonica）外形基本上跟欧洲鳗鱼一样，它们的生命周期也大致一样。它们在海洋里被孵化出来，作为柳叶鳗冲向岸边。它们变成玻璃鳗，游上了日本、中国、中国台湾岛和朝鲜半岛的河流。它们变成黄鳗，在淡水里生活，好多年后变成银鳗，然后重新游到海里，繁殖、死亡。它们是一种非常受欢迎的食用鱼，尤其是在日本。它们长期以来在东亚文化与神话中扮演着重要的角色，比如作为生育能力的一种象征。

　　可是说到繁殖问题——它们是在哪里、是怎样繁殖的，日本鳗鱼一直都是一个比欧洲鳗鱼还要大的谜。直到1991年，科学家们才能确认它们到底是在哪里交尾的。日本海洋生物学家塚本胜巳（Katsumi Tsukamoto）用了跟约翰内斯·施密特同样的方法——尽管没有花那么久的时间，但也跟他一样充满热情，带着渔网和仪器在海上巡游，希望找到极小的柳叶鳗。1991年的一个秋夜，他终于找到了几条才出生几天或许几小时的柳叶鳗。那是在太平洋中央，马里亚纳群岛以西的地方。

　　在这个发现之后，人们不久又有了更为轰动的发现。2008年秋，在马里亚纳群岛以西的那片海域，也就是日本鳗鱼的繁殖地，东京大气与海洋研究所的一个研究团队成功地捕到了完全成年的日本鳗鱼。他们捕到了一条雄性鳗鱼和两条雌性鳗鱼。三条鱼已经完成交尾，筋疲力尽，不久就死了。但不管怎样，这意味着自然科学界这只圣杯的亚洲版本终于被找到了。

但这有什么意义呢？事实上什么意义都没有——至少有一位参与了这场考察的科学家是这么说的，他是美国人迈克尔·米勒（Michael Miller）。除了证明我们已经知道的事情，它什么也证明不了。我们已经知道鳗鱼繁殖的大概地点，可是我们仍然不知道确切在哪里，它们是怎么到达的，以及有多少鳗鱼成功到达了。我们仍然没有见过它们的繁殖过程。我们不知道其中的原因，为什么，为什么，为什么？

神秘的东西自有其吸引力，但不管怎样，有些东西告诉我们，那个永恒的鳗鱼问题慢慢地会得到回答。在日本，研究人员不仅发现了交尾后的活银鳗，还成功解决了人们在欧洲鳗鱼或美洲鳗鱼身上没有解决的问题。他们让日本鳗鱼在养殖环境下实现了繁育。北海道大学的科学家 1973 年就成功地从性成熟的雌性鳗鱼体内取出卵子，人工使它们受精，并让它们孵化成为幼鱼。这项实验关心的不是鳗鱼数量受到威胁的问题，更多的是受经济因素的驱动。鳗鱼在日本人的餐桌上极受欢迎，形成了几百万美元级别的产业。如果人们能够养殖鳗鱼，就像养殖鲑鱼（三文鱼）那样，这将意味着用少得多的费用得到更多的鳗鱼。因此市场会投入大量资金用于这项研究，以期让养殖成为可能。

然而，鳗鱼表现得不是特别愿意配合，这毫不意外。北海道大学那些小柳叶鳗刚被人工孵化出来——当时曾引起轰动——还没来得及在水族箱里感受那并不存在的海流，便死了。那些柳叶鳗完全拒绝进食。无论日本科学家们怎么努力诱导这些透明的小生命都无济于事。柳叶鳗们持续拒绝进食，并且最后都死了。

在此后的很多年里，通过对很多代由人工孵化但同样短命的柳叶鳗的研究，日本科学家努力想搞明白该如何让这些新孵化的鳗鱼幼苗活下来。它们喜欢吃什么？没有人知道。没有人在野外成功地观测到它们吃什么。他们尝试了各种不同的饲料：浮游生物、其他鱼类的卵、微小的轮虫、墨鱼身体的部分、水母、虾和蚌类。但无论如何，那些幼鱼仍然固执地拒绝吃东西，没过多久就死了。

又花了近30年，科学家们才终于在2001年创制出一种鳗鱼幼鱼可能会吃的菜式，它是由一种冻干的鲨鱼卵制成的粉末。有了美食，人们成功地让几条幼鱼存活了18天。这是一个具有轰动性的新纪录，不过距离找到如何让这些透明的小柳叶鳗在养殖环境下变成可食用的成年鳗鱼的答案，还差得相当远。

而且鳗鱼们在其他方面也仍然不好对付。即便科学家们现在能让它们进食了——慢慢地，人们把它们的食物做得更精细了，于是至少有几条鳗鱼一直活到了玻璃鳗阶段——可是大量鳗鱼仍然在几天后就死去了。只有 4% 的新生幼鱼活了 50 天，只有 1% 活了 100 天。长到大得足以变成玻璃鳗的幼鱼数量仍然小到几乎可以忽略不计。

此外，实验室鳗鱼表现出来的行为也跟海里的鳗鱼有所不同。人们捕来的用于实验的雌性鳗鱼在养殖环境下产的卵要明显少于在野生环境下产的卵。另外，所有在实验室孵化出的鳗鱼都是雄性。没有人确切地知道这是为什么，但人们开始给玻璃鳗注射雌激素，用人工方法来制造雌性鳗鱼。2010 年，日本科学家第一次从实验室繁殖的鳗鱼身上取出卵子并孵化出柳叶鳗，从而完成了鳗鱼的生命周期。可是因为所使用的激素，这些后代中有很多出现了严重的畸形。这些柳叶鳗的外形跟人们从海里捕来的完全不一样，有着畸形的奇怪脑袋，很难游动。鳗鱼们似乎很抗拒被别人控制自己的出生，仿佛它们的存在只是它们自己的事情。

直到今天，科学家们仍在努力找到人工培育鳗鱼的正确方法——如果有的话，这不仅将对日本的鳗鱼产业产生重大意义，也将扩展鳗鱼在全世界的生存范围。但他们距离目标仍然相当遥远。但不管怎样，随着新时代的到来，人们有了新的技术、新的科学见解和创新方法，对今天想了解鳗鱼的人来说，未来仍然非常值得期待。也许在不久的将来，我们将改良制造出又小又轻的跟踪仪器，可以一路跟踪银鳗到马尾藻海的交尾地点。也许那时我们可以在地图上更加准确地指出鳗鱼的交尾活动发生的位置。也许在我们跟踪了足够多的鳗鱼之后，可以确认鳗鱼是不是还有别的繁殖地点，或者排除这种可能性。也许那时我们也将更好地了解有什么东西中止或者阻碍了鳗鱼的回家之旅。也许我们可以对此做点什么。也许欧洲和美国的科学家将像日本科学家一样，成功地让欧洲鳗鱼和美洲鳗鱼的鱼卵受精，并让它们在养殖环境下孵化出来。也许那些养殖的鳗鱼能存活下来，健康地长到足够大，可以供我们食用，当然，也可以被放回野外。

一个有科学精神的乐观主义者会说，这只是迟早的事。只要我们有意愿、有足够的时间，每一个谜团都必将被解开。鳗鱼问题以不同的形式存在了几千年，但是经验告诉我们，人类迟早会找到答案。只需要给人类一点时间而已。

而对鳗鱼来说，它们的时间不多了。

16 变成一个傻子

　　我记得奶奶站在草坪上的情景。她微微低下头，手臂举在胸前，手上拿着一根从身旁的苹果树上折下来的 Y 字形的树枝。这是我第一次看到占卜用的探测棒。

　　她缓缓地走过草坪，走向那棵苹果树，先向左转，再向右转，仿佛每一步都在迈向某个未知的领域。她的眼神空洞，仿佛都没有意识到我们站在旁边看她。

　　突然，她停了下来，手臂抽搐了一下，被拉向草坪。那根树枝仿佛在拖拽着她，动作非常猛烈，好像要从她的手里挣脱出来。奶奶抬起头，大笑着说："我没法解释这个，它自己就动起来了，我都没有动它。"

　　爸爸摇摇头，走到她跟前，用一只手抓住那根树枝。他俩一起抓着它，缓缓地、肩并肩地继续在草地上转圈，仿佛一种安静而奇怪的舞蹈。当他们转回原地时停了下来，有一股力量又在向下猛拽奶奶的手臂。爸爸也抬起头大笑起来，而那根树枝仍在动。

"我控制不住它。"爸爸说。

他松开手后，奶奶安静了下来。她把树枝举在胸前，惊讶地看着它。

"不，我没法解释这个，可是我能感觉到它。它好像自己在拉我。"

"我完全搞不懂这件事。"爸爸说。

一天傍晚在溪边，爸爸把装满渔具的桶放下，从柳树上折了一根 Y 字形的树枝。他把叶子和小枝丫去掉，将它举在面前。

"我们要不要来试一下？"

我有点不安地点点头，看着他穿着明黄色的钓鱼裤和又大又笨重的橡胶靴慢慢走远。他有点罗圈腿，迈着谨慎的步子，从我这里出发，穿过潮湿又倔强的草丛，当他转过身来的时候，我看到他如同落日下的一幅剪影，胸前举着那根树枝，小心翼翼但又很不情愿，仿佛它带着他走向某个他并不确定自己是否愿意见到的东西。他径直走回我身边，一路上什么都没有发生。走到我面前后他停了下来，把那根树枝扔到草丛里，摇了摇头。

"唉，什么都没发生，我可能没有那种能力。"

当时我和爸爸都不知道的是，对于占卜探测棒为什么会动，有一种很好的简单解释。那种解释其实已经存在 150 多年了。对于探测棒找出埋在地下的水、石油和金属的能力，人们进行了很多科学调查。几乎所有的调查都显示，它其实根本不管用。探测棒无法给出任何地下存在什么或不存在什么的信息。

但它还是动了。有时大家都见证了，拿着它的人并没有刻意去动它。对此的解释是，这是一种所谓的"观念运动"，是一种人类无法控制的小幅度的肌肉运动。与其说是有意识的行为，不如说这是一个人某种想法、感觉或者想象的表达。它有时被称为"卡朋特效应"，因英国生理学家威廉·B. 卡朋特（William B. Carpenter）而得名。卡朋特于1852年第一次对这种现象进行了描述。占卜板上木块的移动，也是同样的现象。

也就是说，一个拿着探测棒的人，可以用几乎无法感觉到的微小活动来让探测棒指向地面，而这个人自己对此没有意识。为了达到这种效果，这个人必须有一种念头或事先有的概念，一种引导他去往某个地方的意愿。不必非要去正确的地方，不管是去寻找水还是金属，但一定要去某个特定的地方。当探测棒拽着他的手往下指向地面时，他在无意识中发现了什么？肌肉为什么会在某个地方活动，而在另外的地方没有反应？

这个自然是"观念运动"无法解释的。也许跟细微的感官印象有关。也许我们无意识地读取了我们周围世界的信息，对我们自己都无法理解的东西得出了结论。其实我们一直在做这样无意识的选择。但有时候可能只是某个偶然因素在指示我们，什么时候该活动肌肉，什么时候该停下来，或者什么时候该上路出发了。

奶奶相信上帝。

"他很强大，"她说，"比你能够想到的任何人都要强大。"

"他比爷爷还要强大吗？"我问。

"强大得多！"

她不去教堂做礼拜，但她相信上帝，相信耶稣，相信圣母，相信复活。相信在复活后，她将遇到自己的父亲和母亲，然后还能遇到哥哥、姐姐和丈夫，最后还会遇到她的儿子。她还相信精灵。她15岁做女佣时见过一个精灵。一天晚上，她正沿着一条两边长着树的碎石路回家，路边突然出现了一个人。是一个精灵，穿着灰色衣服，不到1米高。和她在一起的朋友也看到了那个精灵。这个小精灵跟她们并肩走了一会儿，然后消失不见了。

我不相信。我去参加教堂的儿童唱诗班，但是他们不要我了，因为我不能安静地待着。我跟着学校的同学去教堂做礼拜的时候，举手问牧师："到底是谁编出了这些故事？"

爸爸也不相信上帝。他上过人民学校，既学过瑞典历代国王的历史，也学过《福音书》。但是他不太相信权威。他既不相信精灵，也不相信上帝。

只有涉及鳗鱼的时候，我们才感到不确定。

有一天早晨我们查看钓鱼线时，发现只钓上来一条。这条鳗鱼很大，差不多有1公斤，身上是黄灰色的，头部很宽。我们像平常一样把它放在车库的水桶里。

下午我去给水桶换水，发现那条鳗鱼不见了。水桶很高，是白色的，里面装的水的高度一直在离桶沿 25 厘米的地方。我最后一次见到那条鳗鱼时，它一动不动地待在桶底，用鳃在呼吸着。现在它不见了。桶仍然立在那里，水还在，可是鳗鱼却不见了。

我感到一片茫然。一开始我想，它应该是从桶里跃出来游走了；但车库门是关着的，我在桶的附近找了一圈，那条鳗鱼真的消失得无影无踪。难道我不在的时候爸爸已经把它杀了？这似乎不太可能，他没在家，一整天都在外面。也许他出门前就把鳗鱼清理好了？

晚上爸爸回家时，他一下车我就跑过去了。

"你把那条鳗鱼拿走了吗？"

"鳗鱼？它在桶里吧？"

"没有，它不见了，肯定是有人把它拿走了。"

我们走进车库，安静地站着盯着空空的水桶看了一会儿，爸爸也确认那条鳗鱼真的不在了。

"但我觉得没有人会拿一条鳗鱼，"他说，"被人拿走听起来很奇怪，我觉得它是逃走的。它肯定在这附近的什么地方。"

我们找遍了整个车库。这里很脏，摆满了东西。木板、梯子、工具、汽水筐、铁锹、耙子、土豆筐和渔具。我们把所有东西都移了位置，找遍了每一个角落。

我们最后终于在一个角落里找到了它，就在一双橡胶靴的后面。它一动不动，身上盖满了灰尘和沙砾。我把它捡起来，它的身体又冰又软。皮很干，因为沾了沙砾很粗糙。它像一只脏袜子一样挂在我的手上，眼睛空洞，没有生气。

显然它已经死了。它在旱地上待了五六个小时。也许更久。

"把它放到桶里去，待会儿我来处理。"爸爸说。

我把它放进水里，站在那里看了一会儿。起初它翻着肚皮漂在水面上。后来它突然翻了个身，身体扭动起来，头忽左忽右地摆动，然后慢慢地、慢慢地绕着桶壁游了起来，鳃一张一合着。

我以前见过这样的情景。一个清晨在溪边，天还没有完全亮，我们走下斜坡，来到一根钓鱼线旁。它系在一块离水面大约有 1 米高的突出的石头上。在垂入水中的线上挂着一条鳗鱼。不是在水中而是在空中，脑袋吊在钓鱼线的上端，尾巴尖悬在水面上几厘米的地方。

我曾听人说过，鳗鱼上钩以后，会猛烈地绕着自己的轴心将身体缠绕成一个螺旋形。这条鳗鱼显然过于用力了，把自己跟线绕在了一起，直到它们被提到水面，悬挂在空中。

它在那里一动不动地挂着，头垂向一侧。我用手抓住它。几米长的粗尼龙线缠绕着这条鳗鱼，割入它的皮肤，在它身体上留下一道道血印子，仿佛是鞭打的痕迹。我小心翼翼地把整根钓鱼线解开，把鳗鱼拿在手里。它又软又沉，像死了一样。我把它放进桶里，看着它翻着肚皮漂在水上，10 秒、20 秒，然后它缓缓地翻过身，沿着桶壁游了起来。

一

有时候人们必须选择愿意相信什么。自我记事以来，我就是这样一个人：我选择相信人们认为能够证实的事情，相信科学优先于宗教，相信理性的东西优先于超验的东西。但是鳗鱼打乱了这个规则。对见过一条鳗鱼死而复生的人来说，理性思考已经不够用了。几乎所有事情都是有原因的；我们可以说这是氧合作用和新陈代谢的过程，或者说这归功于鳗鱼为保护自己而分泌的液体以及为适应周围环境而改进的鳃。但我又曾亲眼见到过，我是一个证人，我见证过一条鳗鱼死而复生。

"它们很奇怪，我是说鳗鱼。"爸爸说。每当他这么说的时候，总是带着些许爱意。仿佛他需要这种神秘感，仿佛这填补了他心里的某种空虚。我也让这种神秘感影响了我。我认为，人们会在需要时找到他们想要相信的东西。我们需要鳗鱼。没有它，我和爸爸就不会是现在这个样子。

直到很久之后我读了《圣经》，才明白信仰就是这样产生的。信仰就是去接近神秘，接近那些无法用语言描述、无法被理解的东西。信仰需要你放弃一部分逻辑和理性。

我从来没有说服自己去相信什么宗教神迹，但我可以理解那些想把恐惧转变成信念的人。我也可以理解，那些遇到了不熟悉或者恐怖事物的人，选择了相信神迹，而不是受困于持续的不安全感。这跟人性有关。信仰就是屈从。我们只能用寓言故事来加以解释。

奶奶相信上帝，但我和爸爸不信。虽然很久以后，奶奶临死的时候，我坐在她的身边，她流着泪说："我会永远在你们身边的。"这个我自然相信。我不需要相信上帝就能相信这句话。

在末日之时，耶稣也正是这样承诺他的追随者的。"我就常与你们同在，直到世界的末了。"死去三天后，他在门徒面前显灵时这样说道。

当我们拥有信仰时，这自然是我们的希望所在，无论我们相信的是上帝还是鳗鱼。

17 鳗鱼从我们身边消亡

　　我们最后要搏斗的敌人是死亡。不仅对信徒是如此，对那些选择了知识的人，尤其是那些还在试图理解鳗鱼的人也是如此。

　　因为鳗鱼正在消亡，速度越来越快。有数据显示，18 世纪时鳗鱼数量已经开始变少，也就是说，大约在科学家们真正开始对它们感兴趣的时候，它们就已经在变少了。关于鳗鱼数量减少的更为可靠的数据至少在 20 世纪 50 年代就有了。最近几十年里这个问题似乎加速恶化了。根据大部分研究报告，今天的情形或多或少是灾难性的。鳗鱼的消亡，不是一个漫长而多变的生命的自然终结。它们正在消亡，从我们身边消亡。

　　这是最近的也是最严重的鳗鱼问题：它们为什么在消亡？

　　首先我们可以把鳗鱼的消亡放到一个更大的背景中去看。生命是变化的，这是进化的第一法则。生命也是易逝的，这是生命本身的第一法则。可是现在发生在鳗鱼身上同时也发生在很多其

他物种身上的事情，就其性质和范围来说，已经远远超越了进化
论和生命正常的前进过程。

蕾切尔·卡森是最早发现这件事的人之一。她的最后一本
书，也是会让人们永远记住她的一本书，叫《寂静的春天》。该
书于 1962 年出版，是有史以来讲述人类毁灭自称所爱之物的能
力的最有影响力的作品之一。《寂静的春天》讲的是人类对 DDT
（滴滴涕杀虫剂）以及其他合成杀虫剂的毁灭性使用；讲的是人
类对森林和耕地毫无安全意识地喷洒杀虫剂，不仅杀死了昆虫，
也杀死了其他生命：鸟类、鱼类、哺乳动物，继而也包括人类。
凭借认真的科学研究加上优美动人的语言，蕾切尔·卡森不仅
让人们理解了问题的维度，也让大家看到了这个问题到底意味着
什么。

她所预见的是一个我们周围再也看不见、听不到生命的时
代，因为它们从我们的感官世界消失了，它们不再存在了。她预
见了一个无声的时代，春天没有了昆虫的鸣叫和鸟儿的歌唱，没
有了鱼在河流中跳跃，黑夜里没有了蝙蝠从月光下掠过。她看见
我们身边习以为常的大部分生命正在经历一场灭亡，她知道这为
什么会发生："在向自己明确宣扬的目标——统治自然——行进
的过程中，人类留下了一份令人沮丧的清单，上面记录的是一场
又一场毁灭，不仅仅是针对人类所定居的地球，也针对那些与人
类一起分享地球的生命。"

通过与动物——某种自身之外的东西——建立认同感的方

式，蕾切尔·卡森也对到底将会发生什么有了更深刻的认识。由此生出一种绝望，它慢慢发展成一种勇气、一种确信：她有权利，甚至也有责任为她所知道的事情做证，而且她确信时间已经不多了。1963 年 6 月，就在《寂静的春天》传遍全世界的同时，她坐到了美国参议院处理环境威胁问题的特别委员会的面前，开始了她的演讲。她说："今天我们要探讨的问题，是我们这个时代必须解决的一个问题。我强烈地感觉到，现在就必须迈出第一步，就在这个大会上。"她的热切和焦急并不只是一种修辞手段。她自己将不久于人世。《寂静的春天》出版时，她就已经被诊断出乳腺癌；当她在参议院委员会上做证时，癌细胞已经扩散到了肝脏。她知道，这是她把信念转化为行动的最后机会，她终会成功的，至少是在消灭杀虫剂的问题上。美国于 1972 年禁止在农业中使用 DDT，这在很大程度上要感谢《寂静的春天》的巨大成功。可这时蕾切尔·卡森已经去世了。她死于 1964 年 4 月，终年 56 岁。她留下的永恒遗产是，让我们及早关注到危险，而现在应对这种危险是我们每一个人的事。

在地球生命 30 多亿年的漫长历史中，发生过少数几次非常剧烈的巨变，我们可以说地球经历了蜕变，地球上生命的构成被改变了。有 5 次变化规模巨大，以至于它们被单独归类。这 5 个变化时期通常被叫作"五次大灭绝"。

第 1 次大灭绝始于大约 4.5 亿年前奥陶纪的尾声,那时生命仍主要生活在海里。由于板块运动引起的气候变冷,地球上估计有 85% 的物种在大约 1000 万年间灭绝了。

第 2 次大灭绝也是一次毁灭性的气候变冷造成的,它发生于 3.64 亿年前。当时地球上 70% 的物种都灭绝了。

第 3 次大灭绝是最致命的。它发生在大约 2.5 亿年前二叠纪与三叠纪的过渡阶段。它夺走了地球上超过 95% 的海洋物种和 70% 的陆生物种的生命。对于引发这次大灭绝的准确原因,人们有不同看法;不过最可能的答案是,它是多个事件共同作用引起气候巨变造成的。

第 4 次大灭绝发生在大约 2 亿年前从三叠纪到侏罗纪过渡的一段相对较长的时期里。当时世界上 80% 的物种灭绝了。

第 5 次大灭绝也是最有名的一次。从各种因素判断,6500 万年前一颗巨大的陨石落到了尤卡坦半岛上,这至少是恐龙以及当时世界上生活的大约 75% 的物种灭绝的主要原因之一。

地球上的物种构成还经历过很多次范围差不多同样广的巨变,但是从生命漫长的历史来看,这几次大灭绝无论如何都属于极不寻常的现象。物种灭绝,动物和植物来了又去,但是这个过程通常极为漫长,以至于它不会从根本上扰乱自然的秩序。与其说是一种灭绝,不如说是生命的一种正常过程,离去和告别会不时发生。

　　尽管如此，还是有很多科学家说，我们此刻正在经历的不是生命的正常过程，而其实是第 6 次大灭绝。2008 年 8 月，美国生物学家大卫·韦克（David Wake）和万斯·弗里登堡（Vance Vredenburg）写了一篇题为《我们正处于第 6 次大灭绝中吗？》（*Are We in the Midst of the Sixth Mass Extinction？*）的文章。该文发表于声誉卓著的科学期刊《美国国家科学院院刊》上，虽然作者不是最早提出这个问题的人，但他们的回答非常令人信服，让大家认识到这种危险不再只是一种假想，而是极有可能发生的。

　　韦克和弗里登堡专注于蛙类和蝾螈等两栖动物的研究，他们表示，没错，某种灭绝毫无疑问已经在发生。在地球上约 6300种已知两栖动物中，至少三分之一已经受到了灭绝的威胁。所有迹象表明，事态在快速恶化。

　　科学记者伊丽莎白·科尔伯特（Elizabeth Kolbert）是这篇文章的读者之一。她的书《第 6 次大灭绝》（*The Sixth Extinction*）于 2014 年出版，总结了我们对可能正在发生的这场大灭绝所知的信息。今天地球上大约三分之一的珊瑚、三分之一的鲨鱼物种、四分之一的哺乳动物、五分之一的爬行动物和六分之一的鸟类正濒临灭绝。这场大灭绝的范围也许不会像之前 5 次那么广，但危险仍然非常巨大，而且正在不断加剧，所以大灭绝其实是很有可能发生的。如果继续发展下去，很多迹象表明，地球上的物种数量可能会在短短 100 年内减少一半。

这是异常迅速的发展——就之前几次大灭绝而言，我们谈论的跨度是几百万年，而现在我们说的跨度是几百年。不过真正让眼下这场大灭绝独一无二的是，在生命的历史中，第一次出现了活着的行凶者。元凶不是天体，不是板块活动和火山喷发，而是一种生物。他们是居住在这颗星球上的所有物种中的一种，统治着这颗星球。统治的结果是导致其他物种的生存环境遭到大规模破坏。这个物种不仅改变了地球的表面，还改变了地球的大气。从来没有别的物种对生命——不同形式的生命，所有的生命——有过这样的影响。

"如果韦克和弗里登堡的说法是对的，"伊丽莎白·科尔伯特写道，"那么生活在今天的我们，不仅是这场生命史上最不寻常事件之一的见证者，也是导致这一事件的元凶。"

可是鳗鱼为什么在消亡？具体发生了什么情况，使得这看起来可以长生不老的鳗鱼无法再坚持下去？要解答这个疑问，首先有一个理论上的问题。众所周知，想解决一个科学问题，是不能一上来就问为什么的，我们必须从原点出发。首先，我们必须确定发生了某种情况：鳗鱼在消亡？然后我们必须对此进行观察，解释到底发生了什么：鳗鱼是怎么消亡的？在此之后，我们才可以去靠近那个为什么的问题。

国际自然保护联盟（以下简称 IUCN）是一个有着超过 1000 名会员的国际联盟，它统筹协调着世界自然保护和生物多样性方面的大量工作。比如，IUCN 编制"红色名录"，这是一个定期更新的动植物名录，以确认世界上有哪些物种经评估被认为受到了威胁。编制红色名录的目的是建立"一个对存在较高的全球范围内灭绝风险的物种进行分类的公认系统"。换言之，IUCN 的标准相当于一个国际标准，一个对各种形态的生命的生存状况进行科学评估的标准。

在红色名录上，每一个物种都会依据明确的标准得到评估，从最可喜的"无危"，到"近危""易危""濒危""极危""野外灭绝"，到最终且不可改变的结论"灭绝"，每一个物种被置于不同的级别之中。因为这是一份对地球上生命所做的客观而有条理的汇总记录，所以我们可以从中了解到从藻类到环节动物到人类的所有物种的生存情况。

而人类活得很好。IUCN 2008 年发布的一份关于智人的评估显示："'无危'级，因为该物种分布极为广泛，适应力很强，当前数量在增加。"他们还确认："人类是所有陆生哺乳动物中分布最广的，生活在地球所有的大陆上（但是在南极洲缺少永久性的居住点）。一小部分人类还被送入了太空，居住在国际空间站里。"IUCN 评估，目前"无须采取保护措施"。智人的生活非常优越。

至于鳗鱼，情况显然要糟糕得多。或者至少我们有充分的理

由这样认为。这是我们不得不相信的事实。因为涉及鳗鱼，我们
当然不能确定自己知道。知识通常是有条件限制的。所以现在看
起来，IUCN 通常的那些评估标准不太适合鳗鱼。首先，有一个
问题：我们无法精确地研究出鳗鱼的数量到底有多大。数量的多
少，也就是世界上到底有多少鳗鱼，是决定这一物种活力的首要
标准。然而根据 IUCN 的报告，种群数量是根据"生殖个体"的
数量，也就是完全成年的性成熟的动物数量来判定的。IUCN 写
道，这意味着，理想情况下，要确定鳗鱼的生存状况，我们必须
研究"繁殖地点成年鳗鱼的数量"。也就是说，我们需要计算马
尾藻海银鳗的数量。在经过 100 年不懈的搜寻之后，人们仍然没
有在马尾藻海见过一条银鳗，可见这项工作自然是不可能完成
的。鳗鱼不愿意被人用这种方式探究。对于试图帮助它们的人，
鳗鱼同样保持着距离。

我们有可能做的，是观测有多少性成熟的银鳗离开欧洲海岸
前往繁殖地。可即便在欧洲海岸，这些信息也极为缺乏。鳗鱼有
一种倾向，就是以极快的速度沉入海洋的黑暗中，从我们的知
识范围里消失。但不管怎样，已有的观测显示，在最近 45 年里，
洄游的银鳗数量减少了至少 50%。

排名第三的选择，也就是 IUCN 做出其判定的主要依据，是
在另一端对鳗鱼在马尾藻海深处秘密相会后的结果，即蕾切
尔·卡森所说的"鳗鱼父母留下的唯一遗产"进行评估。也就是
说，春天时有多少玻璃鳗出现在欧洲的海岸边。我们对此知道的

要多得多，而正是这些信息提示我们，情况完全是灾难性的。所有可靠的数据显示，如今来到欧洲的玻璃鳗数量只有 20 世纪 70 年代末的 1% 至 5%。如果说我小时候每年游进小溪里的透明的小玻璃鳗有 100 条的话，那么今天最多只有屈指可数的几条实现了这样的旅行。

正是基于此，IUCN 将欧洲鳗鱼列为极危级别。根据正式定义，这意味着它们面临着"极高的在野外环境下灭绝的危险"。也就是说，情况不仅是灾难性的，而且是非常紧急的。在可以见到的未来，鳗鱼真的有可能消失，不仅从我们的视野和知识范围中消失，也从我们的感官世界消失。

这也许是最后一个问题：鳗鱼为什么会灭绝？最后的回答就跟每一次遇到鳗鱼的问题时一样：不是那么容易知道。我们所面临的问题，跟几个世纪以来所有试图了解鳗鱼的人所面临的问题是一样的：问题的答案总躲着我们，我们无法完全确切地知道。我们知道一部分，但不是全部。从某种意义上说，在这个问题上，我们也得求诸信仰。

对于鳗鱼处境艰难的原因有很多种解释，科学可以确认所有这些解释，但没有人确切地知道，它们是不是唯一的原因，甚至是不是最重要的原因。因为只要关于鳗鱼生命周期的问题还没有得到回答，我们就无法确切地回答鳗鱼为什么会消亡。只要我们不能确切地弄清鳗鱼是怎样繁殖的、它们是怎样导航的，我们就无法确切地说是什么阻碍了它们的繁殖。要拯救它们，我们必须了解它们。这也是今天大多数关于鳗鱼生存状况的研究报告所强调的：要帮助鳗鱼，我们必须更深入地认识它们。我们需要更多的知识和研究，而时间已经很紧迫了。

由此我们得出了一个巨大的悖论：鳗鱼的神秘性突然间成了它们最大的敌人。如果它们想生存下去，人类就必须把它们从隐秘处引诱出来，找到那些没有解决的问题的答案。这当然是有代价的。各个时代都有人接受了这种神秘性，被它所吸引，选择维护这种神秘性。人们被鳗鱼吸引，因为秘密具有吸引力，因为那些完全被照亮的东西缺少阴影和层次，因此也缺少复杂感。像格雷厄姆·斯威夫特，或者他笔下的叙述者汤姆·克里克那样的人愿意相信，一个所有事情都能得到解释的世界，也是一个即将走向灭亡的世界。

这是一个经典的"第22条军规"式的两难境地：我们保护鳗鱼，是为了在一个文明世界里保持某种神秘和隐蔽的东西，那么不管结果如何，在某种意义上我们都将失败。认为鳗鱼应该继续存在的人，就不能再奢求它们继续保持其神秘性了。

关于鳗鱼之死我们至少知道一点：这是人类的错。科学家们迄今提出的所有解释在某种程度上都跟人类活动有关。人类离鳗鱼越近、它们受现代生活的影响越大，它们的消亡程度就越高。国际海洋考察理事会（ICES）于 2017 年总结了我们应该如何拯救鳗鱼，他们的建议既模糊又带有清楚的示范性：人类对鳗鱼的影响应该"尽可能接近于零"。我们尚不能全面知道是什么东西对鳗鱼构成了威胁，但我们已知的信息足以确认，唯一的拯救方式是远离它们，让它们安静生活。

比如，我们知道鳗鱼病了，这一回似乎比以前病得更重。它们感染了鳗鲕疱疹病毒，一种最早在关养的日本鳗鱼身上发现的疾病，后来通过进口也传到了欧洲的野生鳗鱼身上。1996 年它第一次在荷兰被发现，而德国南部的样本显示，高达一半的鳗鱼受到了感染。

因为某种原因，这种病毒似乎只在鳗鱼中传染，这也是这种病毒名字的由来。这是一种非常可怕的疾病。病毒可以在宿主体内潜伏很长时间，但是它一旦发作，病程就发展得迅速而凶险。鳗鱼的鳃和鳍周围出现带血的伤口，鳃上的细胞死亡，血丝粘在了一起。内脏发炎，鳗鱼变得十分疲惫、没有精神，只在靠近水面的地方缓慢地游动，直到最后身体实在受不了便死去了。

鳗鱼也可能遭受克拉苏鳗鱼寄生线虫（*Anguillicoloides crassus*）的侵害。这种寄生虫也是最先在日本鳗鱼身上发现的，于 20 世纪 80 年代传到欧洲，估计是通过从中国台湾进口的活鳗鱼传染的，随后在短短几十年间就传遍整个欧洲，还传到了美洲。美国南卡罗来纳州 2013 年的一项研究显示，在玻璃鳗阶段，就有 30% 的鳗鱼体内有这种寄生虫。这项研究还指出，人们出于善意把抓来的鳗鱼放入新的水域，希望以此来拯救鳗鱼，结果造成克拉苏鳗鱼寄生线虫传播得更快了。

克拉苏鳗鱼寄生线虫是一种线虫，专门侵害鳗鱼的鱼鳔，导致其出血、发炎和结痂。鳗鱼因此生长迟缓，更易感染疾病。它们开始在浅水里活动，只能游很短的距离。这不一定会导致死亡，但是身体里有克拉苏鳗鱼寄生线虫的鳗鱼将很难抵达马尾藻海。

我们还知道，鳗鱼尤其容易遭到环境毒素的侵害。因为它们活得很久，处于食物链的高处，所以它们对工农业排放的很多毒素格外敏感。正如寄生虫一样，环境毒素似乎影响了鳗鱼们洄游到马尾藻海的可能性。比如有迹象显示，接触了多氯联苯（PCB）的鳗鱼会出现心脏病和水肿，身体在储存脂肪和能量方面会出问题，使得长途迁徙几乎不再可能。受到各种杀虫剂伤害的鳗鱼在从淡水转换到咸水的过程中适应性更差。成功抵达繁殖地的银鳗越来越少，如果这种现象是真的，那么至少我们可以猜测，环境毒素是起了一定作用的。

有些理论更是难以证明。有迹象表明，与以前相比，鳗鱼更容易成为其他凶猛动物的食物，这一点也许不能直接怪罪于人类，但是受到疾病、寄生虫或环境毒素影响，并因此行动更为缓慢、游得更浅的鳗鱼，可能更容易成为鸬鹚这类数量很多并且喜欢吃鳗鱼的动物的食物。

　　而鳗鱼洄游途中的各种障碍则肯定是人类造成的，一些科学家认为这是对鳗鱼最严重的现代威胁。码头、水闸以及其他人造的水路调节设施既会阻碍幼小的鳗鱼游上河道，也会阻碍成年的鳗鱼游进海里返回马尾藻海。不断扩建的水电站尽管有很多环境方面的优点，对鳗鱼来说却是杀手。水电站大坝的涡轮每年会杀死大量游向大西洋的银鳗，有报告称，每一座水电站会杀死高达 70% 试图穿过的鳗鱼。就算鳗鱼们成功游过了水电站，它们通常也会受到挤压，严重受伤，很难再进行后续的旅行。人们为鱼类洄游修建的鱼梯常常只适用于游得更浅的鲑鱼。

　　对鳗鱼生存而言，还有一个古老的威胁是捕鱼业，尽管人们对捕鱼业到底产生了多大影响还存在争议。历史上，鳗鱼曾是在欧洲很多地方都颇受欢迎的食用鱼，不仅鳗鱼渔民有着自己的传统、工具和方式，鳗鱼产业也一直对经济起着突出的作用，在有些地方甚至是重要的作用。最近几十年间，对日本的出口显著增加——今天日本占据了全世界鳗鱼消费的 70%，跟欧洲和美洲一样，日本也受到了鳗鱼数量减少的影响。

　　对鳗鱼复杂的生命历程造成尤为严重伤害的是捕捞玻璃鳗。如今它主要发生在西班牙和法国，近年来，用油和蒜煎鳗鱼越来越成为一种昂贵的珍馐。由于鳗鱼被大量捕捞，而且是在它们生命的较早阶段，鳗鱼数量受到了更大的影响。

　　还有一种更加难以描述的威胁，但很可能是最严重的，那就是气候变化。有个无法回避的事实是，当气候发生变化时，那些大型海流的方向和强度也会发生变化，从各方面判断，这会给鳗鱼的迁徙带来很大的问题。一方面，它可能增加银鳗游过大西洋准确找到交尾地点的难度；另一方面，可能是最重要的，它会对那些新孵化的被裹挟到欧洲的幼鱼产生影响。

当海流的强度发生变化、换了新的走向后，马尾藻海里的交尾地点可能也会发生移动。那些几乎没有重量的透明幼鱼就会找不到能带它们去欧洲的海流，或者干脆被带去了错误的方向。此外随着气候变化，海流的温度和盐度可能发生改变，这会影响到幼鱼们一路上赖以生存的浮游生物的数量。

更多的研究指出，气候变化是近年来抵达海岸的玻璃鳗数量急剧减少的重要原因。如果真是这样，这是一个危险的警告信号。这意味着鳗鱼迁徙和繁殖这个极为复杂和敏感的过程，这个显然已经持续并运转了几百万年的过程，在短短几十年里，突然从根本上变得难以进行。

那么如果鳗鱼不存在了，它们会留下什么呢？当然是照片、记忆和故事。一个从来没有真正找到答案的谜。

鳗鱼也许会变得像渡渡鸟那样。它们也许会变得越来越不像一种曾经真实活在世界上的生物，而越来越像一种既带有悲情色彩又带有喜剧色彩的象征，提醒人类在愚蠢无知时都犯下了什么罪行。

渡渡鸟是一种笨拙的、有着宽喙的鸟，它于 16 世纪末被人类发现，但在短短一个世纪后就灭绝了。它们最早是在印度洋的一个岛上被荷兰水手发现并记载的，那个岛后来被叫作"毛里求斯"，据人们所知，那是渡渡鸟唯一生存的地方。

这是一种大型鸟，大约 1 米高，重量超过 50 公斤。它们的翅膀很小，羽毛是棕灰色的，脑袋上没有毛，绿黑两色的喙略微向下弯曲。它们的腿是黄色的，很有力，屁股又圆又肥。它们不会飞，行动相当缓慢，但它们在岛上也没有自然天敌，直到人类出现。在同时期的画像中它们通常显得有点可笑，就像漫画一样。空洞的眼睛在不长毛的大脑袋上就像圆圆的小纽扣，表情吃惊又有点呆傻。

渡渡鸟第一次被书面提及，是在 1598 年一支荷兰远征队的一份报告中，里面说到一种鸟，它有天鹅的两倍大，但翅膀却像鸽子那么小。报告还说，它们吃起来味道不怎么样，不管煮多久肉都很硬，不过至少肚子和胸脯是可以吃的。

这自然就是那些荷兰水手对渡渡鸟做的事，他们把渡渡鸟全吃光了。要抓它们极为容易，有人说，这些鸟甚至在人们靠近时都不试图逃跑。它们很肥，有很多肉，三四只渡渡鸟就足以让整艘船的人吃饱。它们被描述成一副若无其事和无忧无虑的样子，似乎无法想象另一种生物能对它们构成危险。在 1648 年的一幅图画上，我们可以看到一个水手正毫无顾忌地用大棒将那些笨拙的鸟儿打死。它们的命运不只是成为那些饥饿的荷兰水手的食物，因为还有其他动物跟随那些人一起来到岛上：狗、猪和老鼠，它们与渡渡鸟争夺空间和食物，掠夺渡渡鸟的窝，偷走鸟蛋和幼鸟。

1681 年夏天一个叫本杰明·哈里（Benjamin Harry）的水手在他的日记里提到，他在毛里求斯见到了一只渡渡鸟。这是关于活着的渡渡鸟的最后一份记录。据历史记载，他见到的是最后一只渡渡鸟，它被孤独地留了下来。后来它死了，灭绝了，只留给人们苍白的记忆。

有一段时间，渡渡鸟被人们抛在了脑后，或者被描述成一种模糊的神话形象，而不是一种真实的生物。有一些人怀疑它们是否真的存在过。1848 年，亚历山大·梅尔维尔（Alexander Melville）和休·斯特里克兰（Hugh Strickland）发表他们的文章《渡渡鸟和它的家族》（*The Dodo and Its Kindred*）——迄今为止对渡渡鸟最详尽的描写。他们不得不承认，关于这种当时已经灭绝了 160 多年的鸟类的信息实在是少得可怜。"我们拥有的只是那些没有受过什么教育的水手的粗略描述、三四幅油画以及几块 200 年来由于人类疏于保管幸存下来的零散的骨头碎片。就连那些研究无数年前灭绝的物种的古生物学家用于确定这些物种特征的素材，都比我们用于研究一种跟查理一世同时代的鸟类的要多。"

　　不管怎样，他们仍然得出结论称，如今活着的跟渡渡鸟最近的亲戚是鸽子——现代的脱氧核糖核酸（DNA）检测已经确认了这一点。但除此之外，梅尔维尔和斯特里克兰对人们进一步认识渡渡鸟并没有做出特别大的贡献。他们说，这种奇怪的生物生活在它们生活的地方，而且只生活在那里，这一点也不奇怪。各个物种在时间和空间上的分布跟环境或气候没有关系，跟进化论也没有关系。这是"造物主"随着时间的变迁"在变动不居中保持大自然平衡"的方式。因此渡渡鸟的灭绝也没有什么好惊讶的。"死亡，"他们写道，"是个体的自然法则，也是物种的自然法则。"

　　但慢慢地，人们对渡渡鸟有了更多认识。1865 年人们第一次发现了渡渡鸟化石，科学界对它们独特的命运越来越感兴趣。它们既是一种奇怪的鸟，也是人类没有限度地影响地球上其他生命，从而产生不可逆转的结果的一个例子。19 世纪末以来，有无数本书写到了渡渡鸟，在刘易斯·卡罗尔（Lewis Carroll）的《爱丽丝漫游奇境》中，它们被塑造成了一种童话形象，无可争议地成为今天最著名的绝种动物之一。不仅如此，它们还成了一个具有象征意义的形象，既是对人类玩世不恭的犬儒主义的一个警告，也是对那些过时事物的一种隐喻。渡渡鸟象征着愚蠢、笨拙、无法适应新时代的人，象征着那些被拒绝和遗忘的，从而与时代脱节的人。英语里有句俗语叫"像渡渡鸟一样死去"。未来人们很有可能会改说"像鳗鱼一样死去"。

　　不管怎样，这也许都比其他可以想见的命运要好。鳗鱼也许会变得像斯特拉海牛一样，那是一种更为奇怪和陌生的生物，关于它们的记忆正在消失。

　　斯特拉海牛是一种生活在水里的海牛，18世纪中叶首次被德国自然科学家格奥尔格·威廉·斯特拉（Georg Wilhelm Steller）记载。它是一种巨型哺乳动物，身长达9米，行动悠闲而缓慢，跟它们最近的亲戚儒艮和海牛一样是草食动物。它们有着厚厚的树皮一样的皮肤和相对于巨大的身躯来说很小的脑袋，身前有两个小前肢，身后有一条跟鲸一般的尾巴。

　　在跟俄国籍丹麦探险家维图斯·白令（Vitus Bering）一同进行的一场考察活动中，斯特拉在后来被称为白令海的地方第一次见到这种动物。这是白令在这片尚没有人研究过的区域所做的第二次考察，目的是完成俄国海军委派的任务——穿过这片海，画出美国西海岸的地图。出于好奇，热爱探险的斯特拉主动东行跨越整个俄国，想参加这场考察。他在德国维滕贝格大学学过神学、植物学和医学，跟随运送受伤俄国士兵的车来到圣彼得堡，得到了诺夫哥罗德大主教私人医生的职位。1737年冬，他只身一人出发穿过广袤的西伯利亚去往堪察加半岛，维图斯·白令正在那里为他的远征做准备。当时斯特拉年近30岁，新婚不久。

　　1741 年 5 月 29 日，"圣彼得"号轮船载着 77 名船员离开了
鄂霍次克海的港口。从大多数方面来说，这都将是一场致命的
旅行。几乎一上来考察队就遭遇了恶劣天气，跟姐妹船"圣保
罗"号失去了联系，不得不往南拐了一个大弯穿过海峡驶向美国
海岸。当考察队快要抵达阿拉斯加的时候，船员们已经筋疲力尽
了，很多人得了坏血病。更重要的是，白令和斯特拉发生了分
歧。白令想要加快速度，尽可能多地画好海岸地图，然后赶在秋
季风暴来临之前回家。而斯特拉则想去做他此行想做的事情，研
究自然和动物的生活。

　　在海上航行了两个多月后，维图斯·白令得了坏血病，大家
决定即刻启程返回堪察加半岛。可是在返回途中，他们遭遇了一
场猛烈的风暴，船触到岛附近的一个珊瑚礁搁浅了，无人认识那
个岛。在那里，在那个陌生岛屿沿岸的海浪中，大部分船员都倒
下了，躺在受损的船上，那些已经死去的人的尸体被扔进海里。
这时急切的斯特拉立刻开始计划自己的远征行动。他有动物和自
然要研究。正是在那里，在那个位于堪察加半岛以东一点的地
方、后来得名白令岛的岛上，斯特拉于 1741 年 11 月 8 日第一次
见到了一大群他们之前不认识的海牛躺在水边休息。

　　这当然是一种奇特的景象，斯特拉详细描述了这些后来因他
得名的动物。他写道，从肚脐往上，这些动物看起来像是大型海
豹；而从肚脐往下，它们更像是鱼。它们的脑袋是圆的，很像
水牛的头。尽管身躯庞大，但眼睛并不比羊的眼睛大，没有眼

脸。耳朵藏在厚厚的皮肤褶皱里。除了宽宽的尾巴以外，它们没有鳍，这一点跟鲸不一样。"这些动物在海里就像成群的牲畜一样，"斯特拉写道，"它们除了吃什么都不做。"

斯特拉不仅记述了这些海牛的外形有多么奇特，它们吃什么东西，有什么习性，是如何繁殖的，他还更为详细地记述了它们是多么肥硕，吃起来有多么美味，以及它们数量之多足以养活整个堪察加半岛。他讲到它们对人类似乎一点也不感到害怕。人走近时，它们都不会试图逃跑。饿坏了的考察队员用大铁钩把它们抓住，活生生地把它们身上的肉一块块切下来时，它们只是轻轻地发出一声叹息。

斯特拉说，这些海牛在同情心方面有着令人动容的表现，这弥补了它们所缺失的自我保护的本能。

我在它们身上看不到拥有较高智力的迹象，相反，它们对彼此有着一种不同寻常的爱。一种如此宽广的爱，以至于当一头海牛被我们钩住后，其他所有海牛都会努力营救它。有些海牛在受伤的海牛身旁围成一圈，试图阻止我们把它拖上岸；有些海牛试图推翻我们乘的小船；另一些压住我们的绳子，或者试图把鱼叉从受伤的海牛身上拔出来。

斯特拉写道，有一头雄性海牛，甚至一连两天回到沙滩上来看一头已经死去的雌性海牛。"此外，无论我们伤害或杀死了它们多少同伴，它们仍会一直待在原来的地方。"

发现这些悠闲又充满爱的海牛，不仅对斯特拉来说是一次深刻的体验，也轰动了生物学界。海牛这种实际上与大象而非海豹或鲸亲缘更近的哺乳动物，通常只存在于热带水域。而这一种群的海牛却习惯生活在一个寒冷荒芜的岛上，远在太平洋北部的一片无人研究过的海域，而且显然只生活在那里。斯特拉海牛至今仍是一个显示进化之复杂性以及世界迷人的生物多样性的强有力的例子。它们生活在一个世界上最不宜居的地方，是一个活着的奇迹。

不过，像海妖一样，斯特拉海牛不仅把它们的发现者，也把它们自己引向了毁灭。维图斯·白令 12 月 8 日死于那个岛上，被葬在了海边的沙子里。大约一半的船员跟他命运一样。斯特拉幸存了下来。他和其他人在白令岛上挨过了冬天，通过猎捕海獭生吃它们的肉活了下来。春天的时候他们用"圣彼得"号的残骸建了一艘新的轮船，1742 年 8 月，在出发 1 年多之后，他们损失惨重、骨瘦如柴地回到了堪察加半岛。斯特拉发表了他的观察记录，得以向世界讲述那些奇怪的北方海牛。然而不久后，他就开始酗酒了，并于 1746 年死在俄国秋明，年仅 37 岁。

而斯特拉海牛当然也灭亡了。俄国的猎人们追随白令那场远征的轨迹而来，发现这种悠闲的动物是很容易猎得的。1768 年，在斯特拉海牛被发现短短 27 年后，最后一头海牛在白令海死去。如今甚至没有多少人知道它们在世界上存在过。它们带着一声平静的叹息，顺从了自己的命运，从人类的意识中消失了，从我们的知识范围里消失了。与渡渡鸟不同，它们甚至都没能被任何一条俗语提到。

不，今天的鳗鱼既不是渡渡鸟也不是海牛。首先它们没有被隔绝在印度洋或者白令海的某个岛上。此外，这么多年来，它们都能幸免于人类的伤害，不至于会突然灭绝。而且几个世纪来人类为了了解它们而做的所有努力，应该也不是完全徒劳无益的吧？

不管怎样，现在有很多人在尽全力帮助它们。正如鳗鱼的生命历程几个世纪以来一直吸引着科学界一样，如今鳗鱼的消亡也是当代很多科学家面临的最重要的挑战。

科学家们和国际海洋考察理事会、国际自然保护联盟等组织发出的一些警告得到了认真对待，至少在欧洲是这样。为拯救鳗鱼，2007 年欧盟国家通过了一项行动计划，其中包含一系列激进的建议。每一个成员国都要承担起责任，采取必要措施，比如限制渔业或修建经过大坝和水电站的替代通道，让至少 40% 的银鳗能够顺利游进海里前往马尾藻海。欧洲以外的所有出口，比如向永不餍足的日本市场的出口，如今也被禁止了（尽管非法出口可能很多）。捕钓玻璃鳗的人必须将收获的至少 35% 的鱼放生。同年，也就是 2007 年，瑞典渔业局禁止了瑞典所有的捕鳗作业，除非是拥有特别签发的许可证的专业鳗鱼渔民，或是在河流第三道洄游障碍上游进行的捕钓活动。

这些措施刚开始似乎有一些效果。在接下来的那些年里，欧洲鳗鱼的数量似乎真的恢复了一些。最主要的是，来到这里的玻璃鳗多了，那些关心鳗鱼的人，很久以来至少第一次稍微能感到乐观一些。

然而 2012 年以后，形势改变，鳗鱼数量的增长停止了。之前那种缓慢的恢复似乎是一个暂时的例外，距离实现欧盟行动计划所设立的目标仍然非常遥远。从整体上看，鳗鱼如今的境况至少跟 2007 年之前同样严峻。

我们似乎被困在了一种"乌托邦僵局"中，2016 年，来自瑞典农业大学的鳗鱼专家威廉·德克尔（Willem Dekker）在总结鳗鱼的境况时这样写道。一段时间里我们所感受到的希望看起来是建立在不切实际的期望之上的。事实上，德克尔说，迄今为止我们为拯救鳗鱼而采取的那些措施不仅不够充分，还存在着一种误入歧途的危险。只要我们坚持那些我们自以为知道的东西，坚持那些我们自以为正确的东西，那么鳗鱼的状况就不会变好，反而会逐渐变糟。

而当我们继续讨论这个问题时，时间也在流逝。

2017 年秋天，欧盟的农业和渔业部长们决定设立新的渔业配额，欧盟委员会提出了一个令人惊讶的激进建议：禁止波罗的海所有的鳗鱼捕捞作业。瑞典是唯一一个一开始就对禁渔持积极态度的国家，但是当其他国家都不加入的时候，我们选择了让步。能够进行协商很重要，瑞典农村事务大臣斯万－叶瑞克·布克特（Sven-Erik Bucht）这样强调。他跟其他很多人一样，显然对别的鱼更有好感。他说，如果我们选择为鳗鱼而战，那我们就在放弃保护其他物种的机会。"那样就会没有人为鲑鱼而战。"自决议通过以来，鲑鱼、鳕鱼、鲱鱼和鲽鱼的捕捞配额减少了，而鳗鱼的捕捞量基本上跟以前一样。

直到 1 年后，2018 年 12 月，欧盟才决定在整个欧盟、地中海海域及大西洋沿岸实施鳗鱼禁渔政策，但禁渔时间每年仅有 3 个月，另外，到目前为止，禁渔范围不涵盖玻璃鳗。

就这样，鳗鱼的数量仍然在继续减少，而关于我们应该采取什么措施的决定却一再被往后推延。推延到我们对鳗鱼有更多了解的那一天，或者推延到再也没有鳗鱼的那一天。

我们可以想象一个没有鳗鱼的世界吗？我们可以想象一个已经存在了至少 4000 万年的生物——它们经历过冰川时期，见证过陆地分离；当人类在地球上找到自己立足之地的时候，它们已经在那里等了我们几百万年；它们是很多传统、节日、神话和故事的载体——从此不存在了吗？

　　不，我们的本能会这样回答。世界并不是这样运转的。存在的事物就是存在的，不存在的事物从某种意义上说永远都是无法想象的。想象一个没有鳗鱼的世界，就好比想象一个没有山和海、没有空气和土地、没有蝙蝠和柳树的世界。

　　与此同时，所有的生命都是会发生改变的，我们所有人有朝一日都会变。可能在曾经的某个时候，至少对一些人来说，很难想象一个没有渡渡鸟或者斯特拉海牛的世界。就像我曾经无法想象一个没有祖母和爸爸的世界一样。

　　而现在他们都不在了。世界却仍然存在着。

18 在马尾藻海上

　　我不记得最后一次钓鳗鱼是在什么时候了，但是后来我们钓鳗鱼的次数越来越少。不是因为鳗鱼失去了神秘感，而可能是因为其他神秘的东西变得更重要了。我们这个封闭的溪边小世界，越来越难以和后来在我面前展开的其他世界竞争。这是一种可以想见的发展趋势。我们长大，改变，获得了自由，离开，蜕变，不再钓鳗鱼。经历了所有那些象征性的蜕变之后，有些东西也不可避免地失去了。

　　十几岁的时候，我带着朋友们去了溪边。爸爸待在家里。我们带上了啤酒和一把气枪。钓起一条鳗鱼时，我们试着朝它的脑袋射击。我们轮流开枪，打偏了就再打。我把鳗鱼带回家给爸爸，爸爸见到那些气枪子弹时气得咬牙切齿。我认为他觉得我们对他缺乏尊重，但也许更多的是对鳗鱼缺乏尊重。

　　爸爸有时候会亲自到溪边去钓鳗鱼，但他去的次数也越来越少了。我从学校毕业后开始工作。周末我会外出。我们渐渐疏远了，不是因为冲突或者意见不合，而是因为一切都自然而然地改变了。曾经裹挟着爸爸来到一个全新地方的那股洪流，如今似乎也裹挟着我从他身边离开。20岁时，我离开家，来到那股洪流似乎早已为我设定好的目的地：大学。

如果说鳗鱼是我们之间的联结，那么大学就完全是它的反面，它体现的恰恰是我们之间的所有不同。那是一个陌生的地方，它跟我所熟悉的一切都极为不同。在记忆中，那里有高楼，人们用一种我听不懂的抽象语言说话，似乎没有人在工作，大家都在忙着实现自我。我对它着迷，可能稍微带着一点不情愿。我沉浸在那种环境和文化中，学着模仿所有陌生的社会密码。我捧着书走来走去，仿佛它们是我的身份证明文件。当有人问起我来自哪里时，我会学着做出简短而保守的答复。我深深地觉得，在大学的走廊上，沥青的气味会暴露出我跟那里格格不入。

但是每年夏天，我总会回一次家，我们会开车去溪边钓鳗鱼。那时候，我们已经不用钓鱼线和捕鳗网兜了，转而用起了一种更为现代的底钓方法。我们有一种普通的卷轴钓鱼竿，它带有一个大的单钩和一个很重的沉子。我们把蚯蚓挂到钩子上让它落入溪底。爸爸用很重的金属管做了固定钓鱼竿的架子，我们把它们插进地里，使钓鱼竿立在上面，就像桅杆一样伸向夜空。我们带了折叠帐篷椅，在钓鱼竿的一端系了小铃铛，当鳗鱼咬钩时会发出响声。然后我们一直坐到深夜，伴着急流单调的声音，看着柳树的影子慢慢拉长，看着蝙蝠们灵活地躲开我们的钓鱼竿。我们喝着咖啡，聊我们钓到的和从我们手里逃脱的鳗鱼，不太聊其他的事情。但不管怎样，我从来都不会对此感到厌烦。

后来我的父母买了一栋小木屋。那是一栋红色的木房子，很小，也不是特别漂亮，马桶自带发酵装置，有一口井，里面的水很脏。不过它建在一个小湖边，完全被森林所包围，旁边还有大片的芦苇丛，有疣鼻天鹅和凤头䴙䴘在其间交尾，几乎每天都有苍鹭和白鹭飞过湖面。傍晚，太阳就像一个巨大的火球，缓缓沉入对岸的杉树树冠之下。爸爸妈妈喜欢这个地方，很多时间都待在那里。

这栋木屋还附带一条塑料小船，每次我回家的时候，我们就去湖里钓鱼，不再去溪边了。通常我们钓的是白斑狗鱼和河鲈。我们划着船四处转来转去，研究这个湖的情况，它比我们最初见到时要大。小木屋位于它的东边，往南是一大片浅浅的芦苇荡，黄昏时分我们可以把船停在边上，躺着倾听狗鱼跃动时溅起来的水声。湖的北端有一条小溪注入，河鲈们日夜在其间觅食。湖面往西延伸变得狭长，那里长满芦苇和睡莲，还有一个绿草茵茵的小岛。我们猜想最大的狗鱼就在那里。

一天傍晚，我们坐在屋子里，望向外面的湖水。湖面涨了好几米，漫到了草地上。突然，水面上露出一些大而有力的尾鳍，就在草地的边缘。它们翻过来转过去，仿佛月色中深色的旗子。后来我们意识到，那是丁鱥，我们用之前钓鳗鱼的方法来钓它们：在带卷轴的钓鱼竿的头上系一个铃铛。我钓到过一条大约 1.5 公斤的丁鱥，它的身体是深色的，黏糊糊的，有着几乎注意不到的小鳞片。我们还钓到过欧鳊，一种懒洋洋的、笨拙的鱼，被拉出水面时几乎完全放弃了挣扎。

但我们没有钓到过哪怕一条鳗鱼。后来这越来越成了一个谜。

"这里肯定有鳗鱼。"爸爸说。一切迹象也都表明，爸爸说的是对的。这个湖很浅，湖底有很多淤泥，有大量植物和石头供鳗鱼躲藏其间，湖里还有很多小鱼。对要游进来的鳗鱼来说，那条注入湖中的小溪也完全不会构成障碍，而且它跟我们以前一直钓鳗鱼的那条是连通的，彼此之间只相距30多公里。

"我不明白为什么我们没钓到过一条鳗鱼，"爸爸说，"这里肯定是有鳗鱼的。"

可我们连鳗鱼的影子都没见过。仿佛是为了提醒我们它们曾经对我们的意义，鳗鱼在隐秘处躲了起来。渐渐地，我们开始怀疑它们是不是真的存在了。

爸爸病了，是在他56岁那年的初夏。对自己生病了这件事，他已经知道一段时间了。他身上疼，后来他去了诊所，诊所又把他送去了医院。他们给他拍了X光片，做了检查，最后确定了问题所在：是一个很大的恶性肿瘤。他为什么会得病？医生向他解释说，铺设沥青的工作与他得的这种癌症之间存在明显的关联。沥青炙热的蒸气最终侵入他的内脏——不再是之前那种抽象意义上的，而是真真切切地留在了他的体内。

初秋时他接受了手术，那是一个很复杂的大手术，直到入冬很久后，他才出院回到家里。他在一间大病房里躺了好几个月，床边是输液架，不能吃东西，甚至连鼻烟也不能吸。我们去看他，安安静静地站在那里，看着他艰难地从床上起来，身体靠在助步车上，试着在走廊上来回走动。他脸色苍白，病号服下的身体变得消瘦。我第一次看到他如此虚弱。

也是在那里，有一天在医院的自助餐厅里，当时爸爸因为注射了吗啡躺在病房里昏睡，妈妈将一件我早就应该想到的事情告诉了我。我的祖父，那个我一直管他叫爷爷的人，并不是我爸爸的父亲。他的亲生父亲是另一个人，一个我们大家都不认识的人，连我爸爸也不认识。祖母在 20 岁左右遇到了这个男人。她怀了孕，生下一个孩子，这个男人对她和儿子都不愿负责。关于他，我们只知道这么多。我们还知道他的名字，他的名字也是我爸爸的中间名。

我之前为什么没有想到这一点？这件事怎么就逃过了我的注意？我知道爸爸刚生下来那几年住在祖母的父母家。我知道祖母在城里的橡胶厂工作时，爸爸是由他的姨妈们照顾的。我听人说起过祖母的母亲是什么时候去世的，当时爸爸才几岁大。我也听人说起过他们是什么时候从农民工棚搬进自己的房子的。因为某种原因，我并没有意识到这到底是怎么回事。

爸爸 7 岁的时候，祖母才遇到了这个后来我们称之为祖父的人。他们在一起还没多久，爸爸第一天放学后伤心欲绝地跑回家。班里所有孩子都知道他的父亲是谁，可是爸爸自己却不知道。他什么都说不出，也许那是他第一次明白出身是如何影响我们的，不管我们愿意不愿意。不知道自己身世的人，在某种程度上总是会失去方向。如果我们不知道自己来自哪里，我们也就不知道自己要去哪里。离家和回家遵循的是同样的路线。

爸爸第一天上学之后不久，祖母和祖父就订婚了。几周后他们就结了婚，迅速而简单，只有祖母的妹妹们见证了婚礼。

那个我后来喊他爷爷的人从一开始就将爸爸视如己出，似乎爸爸在那时做了一个决定。他的身世是一个谜，谜底由他自己来选择。他度过了最初没有父亲的 7 年，现在突然有了一个父亲。对那个此前逃避自己的责任没有现身的人，他丝毫不感兴趣。他之所以没跟我们讲起过这件事，是因为他不希望我们对此有所怀疑。我们的祖父是一个善良体面的人，跟那个没有现身的人相比，他是真实存在的。爸爸决定，他的出生地——由此也是我们的出生地——是在祖父的家里，在小溪上游的那个庄园里。从本质上说，确实是这么回事。就连现在，当爸爸躺在病床上生死未卜的时候，他也没有说起过这件事，我们也从来不问。

手术后，在病床上躺了大约半年后，爸爸的生命又延续了 4 年。那是缓慢恢复的 4 年，后来肿瘤复发了。每一次都更为凶险。先是第一次复发，秋天又经历了一次手术——有并发症、疼痛，住了几个月的院。然后是第二次复发，这一次一切挣扎都无济于事了。

当时爸爸 60 岁了。一天傍晚，我在他家跟他一起看电视。他半躺在一张黑色的扶手椅上，身体往后靠，脚搁在前面的一张凳子上。他很疲惫，但心情不错。我们并不知道肿瘤已经复发了，我们对那个再一次潜伏在他身体里的东西一无所知。至少我不知道。

"房前的水位还那么高吗？"他说。

"不，已经退下去了。现在刚刚漫过那个栈桥了。"

"栈桥还在那里吗？没有动？"

"没有，看着很稳。我们已经把它加固过了。现在要想把它冲掉可没那么容易。"

"是啊，如果现在这样还被冲走那可真该死。"

"嗯，不过我们有多久没聊这个了？"

他转过头来看着我。"那你去钓过鱼了吗？"他问。这时我注意到他的眼睛变了。眼白变黄了，有了一种苍白、灰黄的色调，就像一张变脏变粗糙的旧纸片，围绕着黑色瞳孔的黄色部分就像笼罩着一层厚厚的雾。我跟他对视了片刻，我肯定做了某种反应，因为他的目光躲闪开了，他把头重新转向电视机。我沉默着坐在他身旁，眼睛直直地看着前方，不太明白到底发生了什么事情。

我们又聊了一会儿，但每一次我看着他时他好像都会有意地避开我的目光。他会把头转开去，仿佛对我隐瞒了什么事情。我想起我小时候，有一次我们坐在餐桌旁。当时正值冬天，外面下着雪，很冷，爸爸戴着一顶上面有一个蓝色王冠图案的黄色帽子。当他把帽子摘下来的时候，额头的皮肤被染上了帽子的黄色。"我出了黄疸。"爸爸笑着说。我不知道这是一个玩笑，我问妈妈黄疸是什么东西，她说那是一种肝病，会有生命危险。我害怕极了，说不出话来。我以为爸爸要死了，我无法用语言来形容我的害怕。直到他笑了起来，解释说他是开玩笑的，只是帽子掉色了，我都不敢相信是这样的。我意识到如果其他人会得病，甚至会死去，那为什么我爸爸就不会，为什么我就不会？

外面天黑了下来，爸爸坐在电视机前越来越疲惫。但我注意到他在努力打起精神。他想再待一会儿。他不愿意承认疲惫占据了他的身体，不愿意承认一切都不复原来的样子了。所以他坐在那里听着，用很轻很弱的声音跟我说话。突然，话说到一半，他的眼睛就闭上了，他睡着了。他坐在那里，背靠在椅子上，眼睛闭着，一动不动，呼吸又深又重，仿佛他只是突然走开了。我一个人坐在他身旁的椅子上，把目光转向电视机，等待着，却不太明白自己到底在等待什么。

过了一会儿——10秒、20秒，他重新睁开了眼睛，看着我，努力地露出微笑。"我打了一小会儿盹。"他说。

几周后我去医院看他，那是过完仲夏节两天后。现在再没有什么秘密了。病复发了，医生说，这一次肿瘤到了肝上。我们问能做些什么，那个严肃的年轻医生只是举起双手，摇了摇头。

爸爸应该比我们更加明白。"这一次我过不去了。"他说。我试着说些什么，却找不出任何言语。"我希望你们把小木屋留下来。"他说。至少这一点我是可以向他保证的。几天后他搬进了临终关怀病房，陷入了神志不清的状态。

7月3日是一个周四，天气闷热。我们坐在那间小小的临终关怀病房里，门开着，外面是一块草地。不远处，在几棵树的后面，有一个小小的池塘。一只苍鹭站在那里，脑袋转来转去，在侦察着这片平静的水面。

那个夜晚非常难熬。爸爸发出很响的声音，他哀号着、呻吟着，仿佛在无意识的状态中，仍能感受到疼痛和不安。妈妈——她睡在同一个房间的一张折叠床上——几乎整夜都没有睡着。

早晨我来的时候，他平静了一些。我一个人坐在床边，握着他的手。他的手又温暖又濡湿，粗糙的手指僵硬得像木块一样。他安静地躺在那里一动不动，我倾听着他的呼吸，虚弱且不规律。每一次呼吸之间的那几秒钟，漫长得就像永恒一样。

我第一次思考这样的问题：我们到底是怎样认出死亡的？我们是如何知道死亡降临的？

"当心脏停止跳动的时候"，大多数人也许会这么说。当最后一口气从身体里吐出来，一切静止下来的时候，传统上我们是这样看待死亡的那一刻的。心跳和呼吸维系着生命，我们也用这种方式来划定生与死之间那道明确的界限。心脏最后一次跳动的那一秒，就是死亡发生的精确时间。死亡的那一刻是可以确定的，就像一支蜡烛被吹灭。

然而死亡并不一定是这个样子。一个心脏常常不是这一秒还在跳动下一秒钟就不跳了，它会跳得越来越弱、越来越不规律。它会停止跳动，然后又重新跳动起来。血压下降，氧合指数下降。与其说生命是在一瞬间被死亡替代的，不如说生命是慢慢滑向死亡的。

在瑞典，死亡的法定含义也跟心跳和呼吸无关。根据瑞典法律，只要大脑表现出某种形式的活动，一个人就活着。界定死亡标准的法律的第一段是这么说的："当大脑的所有功能全部并且不可逆转地丧失之后，一个人就被认为死亡了。"

法律这样解释，在一定程度上是为了方便从靠呼吸机维系生命的脑死亡者身上获取器官用于移植，但这种定义也赋予了生命某种价值。这意味着生命不仅仅是一种生物学功能，还是一种跟意识相关联的事物。就算不是跟清醒的意识相关联，至少也是跟理论上感知事物的能力相关联，比如感觉和做梦。

这种能力似乎也不完全依赖于心跳和呼吸。2016年加拿大西安大略大学的一组研究人员对4位病人的死亡瞬间进行了研究。

在所有维持生命的措施被停用之后，他们用电极仪器测量大脑的活动。其中 3 位病人的大脑活动在心脏停止跳动前就停止了，他们中有一位的大脑活动在 10 分钟前就停止了。但第四位病人情况却相反，直到最后一次心跳结束 10 分钟后，仪器显示大脑仍在活动。他的脑袋里在发生什么？脑电图曲线上那些闪烁的波峰意味着什么？是图像、感觉，还是梦境？

美国重症监护医生拉克米尔·查拉（Lakhmir Chawla）在另一项研究中，甚至测量到死亡那一刻大脑的活跃度增强了。从 7 位病人身上，查拉可以测到心脏停止跳动那一刻电极仪器闪烁了半分钟到 3 分钟。陷入深度昏迷的病人在生命的最后一刻，大脑活动突然达到一个接近有完全意识的人的水平。在 2009 年写了这份报告后，拉克米尔·查拉又对 100 多位濒死病人进行了同样的观察，虽然他的结论具有争议，但它似乎为人们常说的濒死体验提供了某种支持。也许人类身上有一些精神状态是我们不知道的，只要无人能从死后世界为我们讲述这些状态，我们就永远无法完全理解它们。这些精神状态也许完全独立于我们通常用来衡量生命的东西——心跳和呼吸，也完全独立于时间本身。这至少是阿尔维德·卡尔松（Arvid Carlsson）提出的一种推断，他于 2000 年获得了诺贝尔医学奖。他在一篇文章中指出，也许我们会在死亡那一刻体验到一种完全与时间分离的状态。

"那是什么呢？"他说，"那就是永恒，对不对？"

爸爸的脑袋没有接上电极仪器，我不知道在那个暖和的早晨，他的身体里是不是仍然有某种意识、感觉或者梦想。我也不知道我在那里到底坐了多久，渐渐地我对时间失去了所有概念。但是我把他的手攥得更紧了一点，这时我突然意识到，我已经有一会儿没有听到他的呼吸了。我大声喊护士，她迅速走进来，抓起他的手腕感觉他的脉搏。我看着她，我的手仍然握着他的另一只手。她也朝我看了看，默默地点了点头。

第二天，我们坐在自家房子的前面，听着不到一公里外教堂传来的钟声。我们坐在苹果树旁的草地上，身后是温室，里面的西红柿刚刚开始变红。那里正是我们拉下电闸把蚯蚓从地里引出来的地方，是我们给小船上油漆的地方，是有一天爸爸向我讲解如何设置鳗鱼陷阱的地方。教堂的钟声沉闷而缓慢，听起来仿佛是从极远的地方传来的。

几周后，我们举行完葬礼，去了那栋小木屋。又是一个闷热的夏日。草干干的，很久没有修剪了。鱼鹰飞过刺眼的阳光下水平如镜的湖面。我站在湖边，手里拿着一根钓鱼竿，眼睛盯着那个起起伏伏的浮标。有人在叫我，我把钓鱼竿放到草地上，让浮标仍然漂在水上。几分钟后当我回来时，我看见水面下有什么东西正把整根钓鱼竿往湖里拖。钓鱼竿飞快地在草地上滑行，钓鱼线直直地伸进水里。我在最后一秒钟一把拽住钓鱼竿，立刻感到来自那条鱼在上下拉扯挣扎着的力量。我正在想这感觉很熟悉，它就往睡莲那边游去了。突然它又掉转方向朝岸边游来。我还没来得及做出反应，钓鱼线就消失在了湖边的大石头间。它在那里不可避免地被缠住了。

有那么一瞬间，时间静止了。紧绷的钓鱼线、微弱的挣扎。我将钓鱼线卷起来，钓鱼竿弯得像一根芦苇一样。我往旁边走了几步，想找到一个新的角度，我拉拽着钓鱼线，尼龙绳发出鸣叫。我心想，只有两种方法可以摆脱这一困境，但这两种方法都有输家。我暗自咒骂，最后跪了下来，手里拿着钓鱼线，低头往那混浊的湖水里望去。

我知道那是一条鳗鱼，因为我看见它了。它缓缓地在黑暗中扭动，向我游来。它很大，是灰白色的，有着纽扣般的黑色眼睛。它看着我，仿佛在确认我也在看着它。我放掉了钓鱼线，看见它在抵达水面的那一瞬间从钩子上挣脱下来，转身再次滑入那个隐秘的世界。

有那么一会儿，我跪在湖边没有起身。四周一片安静，湖水闪闪发亮。太阳如同一道白光照在水面上。水面下的一切仿佛都隐藏在一面镜子背后。这是一个藏在水下的秘密，现在它是我的秘密了。

致谢

我一直认为写作是一项个人的工作，但是把一个文本变成一本成书，则完全是另一回事。

我要感谢我的编辑安娜·安德松（Anna Andersson）和出版人丹尼尔·桑德斯特罗姆（Daniel Sandström），感谢他们用巨大的耐心和专业精神帮助我把这堆文字变成这样一本书。

我要感谢校对英格丽德·H.弗雷德里克松（Ingrid H. Fredriksson）和内容审校米卡埃尔·斯文松（Mikael Svensson），感谢他们帮助我避免了尴尬的错误。

拉尔斯·舍厄布洛姆（Lars Sjööblom）和埃娃·威尔松（Eva Wilsson）创作的这个美妙的封面让我开心极了，它比我所能想到的封面都要漂亮。

感谢我的代理伊丽莎白·布兰斯特罗姆（Elisabet Brännström），为了让这本书能被全世界看到，她做了大量工作。感谢她从一开始就对这本书表现出来的兴趣和喜爱。

　　当然，我要感谢我的妈妈和几个姐姐，布丽特－玛丽（Britt-Marie）、马林（Malin）和珍妮（Jenny），她们跟我一起分享了这个故事，让我用自己的方式把它写了下来。

　　最后，要感谢我所拥有的最好的你们——汉娜（Hanna）、西克斯滕（Sixten）和埃米尔（Emil），和我一路往返马尾藻海。感谢你们的陪伴。

参考文献

本书开头的题记引自 "A Lough Neagh Sequence," from the collection *Door into the Dark* (New York: Oxford University Press, 1969)。

3 亚里士多德与从淤泥里诞生的鳗鱼

Aristotle. *Historia animalium* (*The History of Animals*). Translated by D'Arcy Wentworth Thompson. Oxford: Clarendon Press, 1910.

Homer. *The Iliad.* Translated by Robert Fitzgerald. Garden City, NY: Anchor, 1974.

Lennox, James. "Aristotle's Biology." In *Stanford Encyclopedia of Philosophy*. Stanford University, Metaphysics Research Lab, Center for the Study of Language and Information. Revised January 31, 2016. https://plato.stanford.edu/entries/aristotle-biology/.

Marsh, M. C. "Eels and the Eel Question." *Popular Science Monthly* 61 (September 1902).

Prosek, James. *Eels: An Exploration, from New Zealand to the Sargasso, of the World's Most Mysterious Fish.* New York: Harper, 2010.

Schweid, Richard. *Consider the Eel: A Natural and Gastronomic History*. Chapel Hill: University of North Carolina Press, 2002.

Walton, Izaak. *The Compleat Angler*. London: 1653.

5 西格蒙得·弗洛伊德与的里雅斯特的鳗鱼

Cairncross, David. *The Origin of the Silver Eel: With Remarks on Bait & Fly Fishing*. London: G. Shiel, 1862.

Eigenmann, Carl H. "The Annual Address of the President: The Solution of the Eel Question." *Transactions of the American Microscopical Society 23* (May 1902).

Freud, Sigmund. *The Letters of Sigmund Freud to Eduard Silberstein, 1871－1881*. Edited by Walter Boehlich. Cambridge, MA: Belknap Press, 1990.

Marsh, M. C. "Eels and the Eel Question." *Popular Science Monthly* 61 (September 1902).

Simmons, Laurence. *Freud's Italian Journey*. Amsterdam: Rodopi, 2006.

Whitebook, Joel. *Freud: An Intellectual Biography*. New York:Cambridge University Press, 2017.

7 发现鳗鱼繁殖地的丹麦人

Eigenmann, Carl H. "The Annual Address of the President: The Solution of the Eel Question." *Transactions of the American Microscopical Society 23* (May 1902).

Garstang, Walter. *Larval Forms and Other Zoological Verses*. 1951.

Grassi, Giovanni Battista. "The Reproduction and Metamorphosis of the Common Eel (*Anguilla vulgaris*)." *Proceedings of the Royal Society of London*, January 1896.

Marsh, M. C. "Eels and the Eel Question." *Popular Science Monthly* 61 (September 1902).

Poulsen, Bo. *Global Marine Science and Carlsberg: The Golden Connections of Johannes Schmidt (1877 - 1933)*. Boston: Brill, 2016.

Schmidt, Johannes. "The Breeding Place of the Eel." *Philosophical Transactions of the Royal Society of London* 211 (1923), 179 - 208.

Tsukamoto, Katsumi, and Mari Kuroki, eds. *Eels and Humans*. New York: Springer, 2014.

9 捕钓鳗鱼的人

www.alarv.se.

www.alakademin.se.

Prosek, James. *Eels: An Exploration, from New Zealand to the Sargasso, of the World's Most Mysterious Fish*. New York: Harper, 2010.

Schweid, Richard. *Consider the Eel: A Natural and Gastronomic History*. Chapel Hill: University of North Carolina Press, 2002.

Tsukamoto, Katsumi, and Mari Kuroki, eds. *Eels and Humans*. New York: Springer, 2014.

11 怪异的鳗鱼

The Bible, Revised Standard Version.

Eco, Umberto, ed. *On Ugliness*. Translated by Alastair McEwen.

New York: Rizzoli, 2007.

Freud, Sigmund. *Das Unheimliche*. 1919.

Friedman, David M. *A Mind of its Own: A Cultural History of the Penis*. New York: Free Press, 2001.

Grass, Günter. *The Tin Drum*. Translated by Ralph Manheim. New York: Pantheon, 1961.

Hoffmann, E. T. A. "The Sandman." 1816.

Jentsch, Ernst. *Zur Psychologie des Unheimlichen*. Psychiatrisch-Neurologische Wochenschrift: 1906.

Myśliwiec, Karol. *The Twilight of Ancient Egypt: First Millennium B.C.E.* Translated by David Lorton. Ithaca, NY: Cornell University Press, 2000.

Nilsson Piraten, Fritiof. *Bombi Bitt och jag*. Stockholm: A. Bonnier, 1932.

Swift, Graham. *Waterland*. New York: Poseidon Press, 1983.

Vian, Boris. *The Foam of Days*. 1947.

Winslow, Edward, and William Bradford, *Mourt's Relation: A Journal of the Pilgrims at Plymouth*. London: John Bellamie, 1622.

13 水面下的生命

Carson, Rachel. *The Sea around Us*. New York: Oxford University Press, 1951.

Carson, Rachel. *Silent Spring*. Boston: Houghton Mifflin, 1962.

Carson, Rachel. *Under the Sea–Wind*. New York: Simon & Schuster, 1941.

Jabr, Ferris. "The Person in the Ape." *Lapham's Quarterly* 11, no. 1 (Winter 2018).

Lear, Linda. *Rachel Carson: Witness for Nature.* New York: Henry Holt, 1997.

Nagel, Thomas. "What Is It Like to Be a Bat?" *Philosophical Review* 83, no. 4 (October 1974): 435 – 50.

15 漫长的回家之旅

Carson, Rachel. *Under the Sea–Wind.* New York: Simon & Schuster, 1941.

Inoue, Jun G., Masaki Miya, Michael Miller, et al. "Deep–Ocean Origin of the Freshwater Eels." *Biology Letters* 6, no. 3 (June 2010): 363 – 66.

Munk, Peter, Michael M. Hansen, Gregory E. Maes, et al. "Oceanic Fronts in the Sargasso Sea Control the Early Life and Drift of Atlantic Eels." *Proceedings of the Royal Society B* 277 (June 2010): 3593 – 99.

Prosek, James. *Eels: An Exploration, from New Zealand to the Sargasso, of the World's Most Mysterious Fish.* New York: Harper, 2010.

Righton, David, Håkan Westerberg, Eric Feunteun, et al. "Empirical Observations of the Spawning Migration of European Eels: The Long and Dangerous Road to the Sargasso Sea." *Science Advances* 2, no. 10 (October 2016): https://doi.org/10.1126/sciadv.1501694.

Schmidt, Johannes. "The Breeding Place of the Eel." *Philosophical Transactions of the Royal Society of London B* 211 (1923): 179 – 208.

Swift, Graham. *Waterland.* New York: Poseidon Press, 1983.

Tesch, Friedrich–Wilhelm. *Der Aal: Biologie und Fischerei.* Hamburg: P. Parey, 1973.

Tesch, Friedrich–Wilhelm. "The Sargasso Sea Eel Expedition 1979." *Helgoländer Meeresuntersuchungen* 35, no. 3 (September 1982): 263 – 77.

16 变成一个傻子

The Bible, Revised Standard Version.

Jerkert, Jesper. "Slagrutan i folktro och forskning." *Vetenskap eller villfarelse*. Edited by Jesper Jerkert and Sven Ove Hansson. Leopard förlag: 2005.

17 鳗鱼从我们身边消亡

Carson, Rachel. *Silent Spring*. Boston: Houghton Mifflin, 1962.

Castonguay, Martin, Peter V. Hodson, Christopher Moriarty, et al. "Is There a Role of Ocean Environment in American and European Eel Decline?" *Fisheries Oceanography* 3, no. 3 (September 1994): 197‐204, https://doi.org/10.1111/j.1365–2419.1994.tb00097.x.

Castonguay, Martin, and Caroline M. F. Durif. "Understanding the Decline in Anguillid Eels." *ICES Journal of Marine Science* 73, no. 1 (January 2016): 1‐4, https://doi.org/10.1093/icesjms/fsv256.

Gärdenfors, Ulf. *IUCN: s manual för rödlistning samt riktlinjer för dess tillämpning för rödlistade arter i Sverige*, 2005.

Hume, Julian P. "The History of the Dodo *Raphus cucullatus* and the Penguin of Mauritius." *Historical Biology* 18, no. 2 (2006): 69‐93.

Jacoby, D. and M. Gollock, "On the European Eel." www.iucnredlist.org.

Kolbert, Elizabeth. *The Sixth Extinction: An Unnatural History*. New York: Henry Holt, 2014.

Lear, Linda. *Rachel Carson: Witness for Nature*. New York: Henry Holt, 1997.

Melville, Alexander, and Hugh Strickland. *The Dodo and Its Kindred; or, The History, Affinities, and Osteology of the Dodo, Solitaire, and Other Extinct Birds of the Islands Mauritius, Rodriguez, and Bourbon.* London: Reeve, Benham, and Reeve, 1848.

Steller, Georg Wilhelm. "Steller's Journal of the Sea Voyage from Kamchatka to America and Return on the Second Expedition, 1741‐1742." *American Geographical Society Research Series* 2 (1925).

Tremblay, V., C. Cossette, J. D. Dutil, G. Verreault, and P. Dumont. "Assessment of Upstream and Downstream Pass Ability for Eels at Dams." *ICES Journal of Marine Science* 73, no. 1 (January 2016): 22‐32, https://doi.org/10.1093/icesjms/fsv106.

Wake, David, and Vance Vredenburg. "Are We in the Midst of the Sixth Mass Extinction? A View from the World of Amphibians." *Proceedings of the National Academy of Sciences* 105 (August 2008): 11, 466‐73.

18 在马尾藻海上

Norton, L., R. M. Gibson, T. Gofton, et al. "Electroencephalographic Recordings During Withdrawal of Life‐Sustaining Therapy until 30 Minutes after Declaration of Death." *Canadian Journal of Neurological Sciences* 44, no. 2 (March 2017): 139‐45, https://doi .org/10.1017/cjn.2016.309.

Snaprud, Per. "Dödsögonblicket i hjärnan." *Forskning och framsteg*, September 2011.

Svensson, Martina. "Min släktsaga." School paper, Klippans gymnasium, 2006.

著作权合同登记号：图字 18-2019-305

图书在版编目（CIP）数据

鳗鱼的旅行 /（瑞典）帕特里克·斯文松
（Patrik Svensson）著；徐昕译 . -- 长沙：湖南文艺
出版社，2020.10（2023.6 重印）
　　书名原文：Alevangeliet
　　ISBN 978-7-5404-9758-3

　　Ⅰ.①鳗… Ⅱ.①帕… ②徐… Ⅲ.①散文集—瑞典
—现代 Ⅳ.① I532.65

中国版本图书馆 CIP 数据核字（2020）第 141241 号

上架建议：人文·新知

MANYÜ DE LÜXING
鳗鱼的旅行

作　　者：［瑞典］帕特里克·斯文松（Patrik Svensson）
译　　者：徐　昕
出 版 人：陈新文
责任编辑：吕苗莉
监　　制：吴文娟
策划编辑：董　卉
特约编辑：刘　君
版权支持：姚姗姗
营销编辑：闵　婕
封面设计：利　锐
版式设计：李　洁
内文插画：孙　显
内文排版：百朗文化
出　　版：湖南文艺出版社
　　　　　（长沙市雨花区东二环一段 508 号　邮编：410014）
网　　址：www.hnwy.net
印　　刷：三河市兴博印务有限公司
经　　销：新华书店
开　　本：855mm×1180mm　1/32
字　　数：145 千字
印　　张：8
版　　次：2020 年 10 月第 1 版
印　　次：2023 年 6 月第 4 次印刷
书　　号：ISBN 978-7-5404-9758-3
定　　价：58.00 元

若有质量问题，请致电质量监督电话：010-59096394
团购电话：010-59320018